신화의 전장

dream
books
드림북스

신화의 전장 3

초판 1쇄 인쇄 2018년 7월 4일
초판 1쇄 발행 2018년 7월 16일

지은이 박정수
발행인 오영배
기획 박성인
책임편집 이신옥
일러스트 엑저
디자인 권지연
제작 조하늬

펴낸곳 (주)삼양출판사 · 드림북스
주소 서울시 강북구 도봉로 173
대표 전화 02-980-2112 **팩스** 02-983-0660
편집부 전화 02-980-2116 **팩스** 02-983-8201
블로그 blog.naver.com/dreambookss
출판등록 1999년 3월 11일 제9-00046호

ⓒ 박정수, 2018

ISBN 979-11-283-9406-5 (04810) / 979-11-283-9403-4 (세트)

드림북스는 (주)삼양출판사의 판타지 · 무협 문학 브랜드입니다.

신화의 전장

3

박정수 현대판타지 장편소설

MODERN FANTASY STORY & ADVENTURE

dream books
드림북스

목 차

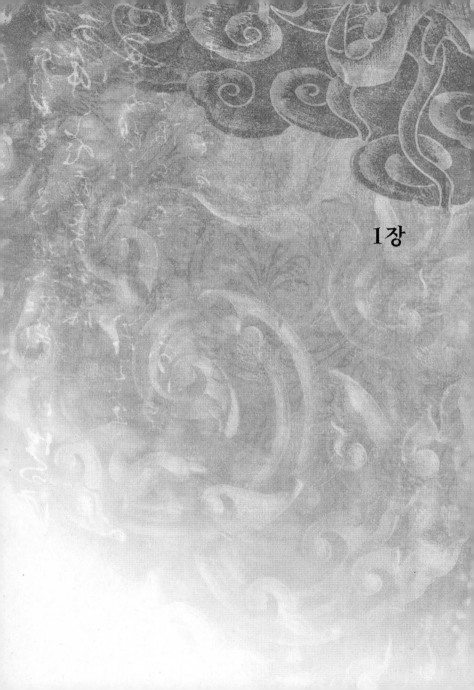

1장

"잠깐!"

둘이 격돌하기 일보직전.

지하연무장 문이 열리며 나타난 서기원이 소리쳤다.

"내 말 좀 들어봐야."

서기원이 둘 사이로 걸어왔다.

"뭡니까?"

호효상은 진체를 풀며 시선을 박현에게서 서기원으로 옮겼다. 물론 호효상의 표정은 짜증에 살짝 찡그려져 있었다.

"둘이 왜 싸워야?"

"……."

서기원의 말에 호효상은 미간을 한 번 더 찌푸렸다.

"둘이 싸워서 남는 게 있어야? 없어야. 없어. 부질없는 짓이어야."

서기원은 검지를 까딱까딱 좌우로 흔들었다.

"무슨 말을 하고 싶은 겁니까?"

"이야, 알았어야. 역시 호 두령은 내 맘을 잘 알아야. 히히."

서기원은 웃음을 한 번 흘리고는 말을 이었다.

"나가야, 둘을 쭉 보면서 생각을 해 봤어야. 왜 싸울까? 그리고 알았어야. 왜 싸우는지."

서기원은 호효상을 빤히 쳐다보았다.

"내가 굳이 말하지 않아도 호 두령은 잘 알아야."

"그래서 하고 싶은 말은 뭡니까?"

"여기서 싸워 봐야 아무런 득도 실도 없어야. 이왕 싸울 거면 호촌에서 싸워야. 모두들 다 불러 놓고. 이기는 자가 다 먹는 거여야."

그 말에 호효상의 눈가가 꿈틀거렸다.

서기원의 제안, 나쁘지 않았다.

어차피 지어야할 매듭, 확실한 게 좋다.

거기에 호촌 내에서라면.

잠시 생각에 잠기는가 싶더니 박현에게로 눈을 돌렸다.

"어떻게 생각하십니까?"

"나쁘지 않군."

박현은 호효상과 눈이 마주치자 고개를 슬쩍 끄덕였다.

"더 큰 후회를 하실 수도 있습니다."

"후회의 몫은 본인의 것이 아닌 거 같은데."

박현은 씨익 웃음을 지었다.

"날은 언제로 잡으면 좋겠습니까?"

"뭘 뭉그적거려. 바로 가지."

호효상은 고개를 끄덕이며 지하연무장을 벗어났다. 그가 막 지하연무장을 나가자마자 서기원이 박현에게로 쪼르르 달려가 섰다.

"나 잘했지야? 틀린 거 없었지야? 히히히."

서기원은 자신의 임무를 완벽하게 수행했음을 자랑스러워하며 히히 낙락했다.

문제는 밖으로 나간 줄 알았던 호효상이 다시 돌아와 지하연무장 문 앞에 서 있다는 것이었다.

"흠."

그의 침음에 박현은 씨익 웃으며 어깨를 한 번 으쓱 들어올렸다.

*　　　*　　　*

DMZ 비무장 지대.

호랑이 마을 호촌.

중앙 광장에 족장, 원로를 포함해 백여 명의 남녀노소들이 빼곡하게 모여 크게 원을 이루고 있었다. 그리고 그 중앙에 박현과 호효상이 마주 보고 서 있었다.

"만족하십니까?"

호효상이 물었다.

"이 자리에서의 대결을 원한 것은 너지, 내가 아니야."

박현은 사방에서 느껴지는 묘한 적대감에 오히려 담담한 미소를 지으며 대답했다.

그 대답에 호효상의 얼굴에는 어이없다는 표정이 지어졌다.

자신이 말을 먼저 꺼냈고, 표면상으로는 그의 말이 틀리지 않았기에 뭐라 딱히 반박할 수도 없었다. 반박할 여지가 있다고 해도 이 자리에서 왈가불가할 거리도 아니기도 했다.

박현은 주위를 둘러싼 이들을 천천히 훑어보았다. 특히나 젊은 전사들, 청년들을 자세히 눈에 담았다.

청년들은 열정적이고 다혈적이지만 한편으로 순수하며 단순하다.

특히 전사들, 싸움꾼들은 더더욱 그러한 기질이 강했다.

그들에게 있어 동경의 대상은 무엇보다 넘볼 수 없는 강렬한 힘이다.

박현은 이들을 경험하지 않아도 알 수 있었다. 수많은 애기 조폭들을 숱하게 봐 왔고 상대해 봤기 때문이었다.

박현은 그들의 마음을 흔들 생각이다.

아주 강렬하게.

'흠.'

호효상은 박현의 모습에 침음성을 속으로 삼켰다.

호효상은 그런 박현의 심증을 어렴풋이 느꼈고, 지금 확신했다.

그가 무엇을 노리는 것인지.

하지만 문제가 될 것은 없다.

자신 역시 박현과 같은 생각을 하고 있으니까.

"이유야 어찌 되었든."

"구구절절 아무 의미 없지."

박현은 호효상의 말을 이어받은 후 몸을 낮추며 울음을 터트렸다.

"크하아아앙!"

"크허어어엉!"

그를 따라 호효상도 진체를 드러내며 포효했다.

"워— 워— 다들 물러나야. 다쳐야."

얼떨결에 함께 온 박수무당 조완희와 달리 세상에 가장 재미있는 게 싸움 구경이라며 덩실덩실 따라온 도깨비 서기원은 연신 사방으로 뛰어다니며 사람들을 뒤로 물러나게 했다.

"너만 뒤로 빠지면 된다."

조완희는 고개를 저으며 서기원의 뒷덜미를 잡아당겼다.

"히히."

언제 가져왔는지 서기원은 입에 엿을 물며 초롱초롱한 눈으로 거대한 두 진체를 쳐다보았다.

호족장 호치강은 팔짱을 낀 채 무거운 표정으로 침음을 삼켰다.

"흠."

이 자리에서 가장 마음이 복잡한 이를 꼽으라면 바로 그일 것이다.

대대로 선조들이 기다려 왔던 왕, 백호.

하지만 자신의 목숨보다도 소중한 후계자 호효상.

호치강은 둘 중 누구 하나를 응원할 수 없었다.

누가 이겨도, 누가 져도 기쁨에 웃고, 눈물을 흘려야 했기 때문이었다.

"마음이 좋지 않겠구나."

최고 장로 호철호가 바투 다가섰다.

호치강은 그 말에 쓴웃음을 슬쩍 지었다가 지웠다.

"에잉, 못난 놈들. 족장과 소족장이 어떤 마음으로 이 자리에 섰는지도 모르고. 쯧쯧쯧."

최고 장로 호철호는 철없이 환호하며 호효상을 응원하는 청년들을 보며 혀를 찼다.

그러는 사이 백호, 황호 두 마리의 반신들이 인간의 껍질을 깨며 포효하였다.

"크르르르르."

호효상, 황호는 울음을 가라앉히며 언제라도 뛰쳐나갈 수 있게 온몸의 근육을 이완시켰다.

사박!

반면 박현, 백호는 그와 반대로 허리를 꼿꼿하게 세워 여유롭게 호효상, 황호에게 성큼 다가섰다.

그 걸음에 오히려 호효상은 움찔 뒤로 반걸음 물러났다. 너무나도 당연하다는 듯이 허리를 세우고 자신을 내려다보는 박현의 모습에 호효상은 눈가를 일그러트렸다.

"크르르르르."

박현은 그런 호효상을 내려다보며 낮은 울음을 흘렸다.

거만하다 못해 오만한 모습.

"크허어어엉!"

호효상은 그런 박현을 향해 날카로운 발톱을 휘둘렀다.

서걱— 서걱—

박현. 백호의 가슴에 제법 깊은 상처가 만들어지며 피가 튀었다.

호효상의 공격에 박현은 피하지 않았다.

그 자리에 서서 그의 공격을 오롯이 받아들였을 뿐만 아니라 오히려 호효상을 향해 한 걸음 더 내디뎌 바투 다가섰다.

"크르르."

그 일보에 호효상은 저도 모르게 반보가량 움찔 물러나다가 얼굴이 일그러졌다.

공격을 했음에도 불구하고 그의 기백에 눌린 것이었다.

이 싸움은 단순히 둘만의 싸움이 아니었다.

기백 쌍의 눈이 몰려 있는 싸움이었다.

'젠장!'

다시 공격하기도, 그렇다고 박현의 공격을 기다리기에도 애매한 상황이 되어 버린 것이었다.

호효상은 어금니를 드러냈다.

'이기면 된다. 압도적으로.'

기백에서 진 것이 뼈아팠지만 중요한 것은 결과다.

호효상은 발톱을 날카롭게 드러내며 다시 박현에게로 달려들었다.

그의 공격에 박현은 단숨에 그의 품으로 파고들었다.

콱!

발톱을 드러낸 채 가슴을 갈가리 찢어발기려고 하던 호효상의 오른손은 박현의 어깨에 걸려 마치 손바닥으로 어깨를 내려친 꼴이 되어 버렸다.

그렇다고 아예 타격이 없는 것은 아니었다.

어깨뼈가 삐끗한 듯 상당한 통증이 느껴졌고, 날카로운 발톱에 찍힌 어깨 부분의 살이 뭉텅 뜯기며 피가 튀었다. 하지만 박현은 확실하게 그의 품으로 파고 들 수가 있었다.

확실하게 살을 주고 뼈를 취할 수 있게 되었다.

서걱— 서거걱!

박현은 양팔을 교차하여 열십자 형태로 그의 가슴을 찢어발겼다.

푸학!

피가 하늘로 튀며 호효상의 몸이 뒤로 밀려났다.

퍼억!

박현은 발을 들어 그의 가슴을 힘껏 차 밀었다.

"크헝!"

호효상은 뒤로 두어 바퀴 나뒹굴며 주위를 둘러싼 인파들 사이로 나가떨어졌다.

"소족장!"

"형님!"

근처에 있던 청년 둘이 허겁지겁 그에게 달라붙어 그를 부축했다.

『놔라.』

호효상은 그들의 손길을 거칠게 뿌리치며 몸을 일으켜 세웠다.

"크르르르르."

호효상은 가슴에서 느껴지는 고통에 더욱 강한 투기를 발산하며 뾰족한 어금니를 드러냈다.

"크허어어엉!"

그리고는 포효하며 기세를 다시 끌어올렸다.

"크하앙!"

박현은 포효하는 그를 향해 단숨에 덮쳐 갔다.

호효상은 박현의 공격에 상체를 낮춰 정면으로 부딪혀 나갔다.

스으— 팟!

둘이 정면에서 부딪히기 직전.

박현의 신형이 그 자리에서 사라졌다.

후아아아악!

호효상의 거친 공격은 박현이 사라진 허공을 갈랐을 뿐이었다.

"크허어어엉!"

동시에 백호, 박현의 울음이 그의 등 뒤에서 터져 나왔다.

『......!』

호효상은 다급히 뒤로 고개를 돌렸다.

그의 눈을 가득 채운 것은 시퍼런 발톱이 선 거대한 하얀 앞발이었다.

파앙— 서걱!

박현의 공격이 정통으로 호효상의 얼굴에 들어갔다.

핏물과 함께 호효상의 얼굴이 꺾이고 그의 몸은 허공에 붕 떴다.

박현은 허공을 몸을 띄워 호효상의 가슴을 앞발로 내려 찍었다.

콰아앙—

"컹!"

호효상은 바닥에 크게 한 번 튕겼다가 다시 떨어졌다.

"크하아아아앙!"

박현은 그의 가슴을 발로 지그시 누르며 승리의 포효를
터트렸다.

"크하아아아앙!"

박현, 백호의 포효가 터지는 순간, 호치강의 눈이 부릅떠
졌다.

'축지!'

호효상의 앞에서 순간 모습을 감춘 술(術).

그건 바로 축지술이었다.

호치강은 요동치는 눈을 들킬까 질끈 눈을 감았다.

진체에서 펼치는 축지술은 호족 전사 중에서도 몇몇만
펼칠 수 있는 고급 기술이었다. 그리고 호효상도 사용할 수
있는 기술이기도 하였다.

'허를 찔렸어. 완벽하게.'

눈을 뜬 호치강은 청년들에게 업혀 나가는 호효상을 쳐
다보다 진체를 풀어 인간으로 돌아가는 박현을 바라보았
다.

'고작 달포를 넘겼을 뿐인데.'

박현은 자신에게 찾아와 진체로 자유롭게 변할 수 있는
가르침을 구했었다. 처음에는 달포 안으로 변신만 자유자
재로 통제만 해도 대성공이라 여겼었다.

그것을 보란 듯이 깨트리는가 싶더니.

'축지라.'

호치강은 고개를 절레절레 저었다.

"표정이 좋지 않구나."

장로 호철호였다.

"……."

호치강은 쓴웃음으로 대답을 대신했다.

"우리의 왕이 처음 마을에 들리신 지 달포가량 되었지?"

"네."

"그렇구나."

마지막 말은 그의 마음뿐만 아니라 장로들의 마음을 한마디로 함축시켜 보여 주었다.

"그럼 잠시 실례하겠습니다."

"왕은 내가 잠시 보필하고 있으마."

호치강은 가벼운 목례를 하고 어수선한 인파에서 빠져나갔다.

"허허허."

호철호는 가벼운 웃음을 터트리며 느릿하게 걸음을 떼 박현에게로 다가갔다.

"이야, 끝내줬어야."

이긴 사람은 박현인데 도깨비 서기원이 더 호들갑이었다.

"누가 보면 네가 이긴 줄 알겠다."

박수무당 조완희가 눈살을 찌푸리며 혀를 찼다.

"왜 이래야?"

서기원은 박현의 어깨에 손을 척 올리며 턱을 살짝 치켰다.

"야가, 내 친우야."

"헐~."

조완희는 어이없다는 표정과 함께 입을 살짝 벌렸다.

"승리를 축하하옵니다."

장로 호철호가 다가와 허리를 깊게 숙였다.

"오랜만입니다."

박현도 그에 맞춰 허리를 숙이며 인사를 받았다.

"자리가 어수선하니 차라도 한 잔 드시며 시간을 보내심이 어떠한지요?"

"그리하겠습니다."

"따라들 오시지요."

장로는 박현과 조완희, 서기원을 장로들의 사랑방인 호선당(虎仙堂)으로 안내했다.

　　　　　*　　　*　　　*

　"어떻게 호 소족장님이."

　지금의 현실이 믿어지지 않는 듯, 억울한 듯 소년기를 벗어나지 못한 호진우가 손등으로 눈물을 훔쳤다.

　"허어—."

　호태성도 참담함을 이기지 못하고 탄식을 터트렸다.

　"흑흑흑."

　그게 울먹이는 소년 호진우의 마음을 더욱 뒤흔든 듯 기어코 울음이 터졌다.

　그 울음에 형 호진석이 호진우를 말없이 안았다.

　"이제 어찌 될까?"

　호태성은 호진우를 달래는 호진석을 보며 물었다.

　몰라서 묻는 게 아니다.

　"방법을 찾아봐야죠."

　"하긴 너라면."

　호진석의 대답에 호태성의 입가에 든든한 미소가 지어졌다.

　"아이들은?"

　"꽤나 동요하는 모습들입니다."

　"동요뿐일까."

호태성은 처마 밑을 올려보다 눈을 감았다.

그러자 강렬한 박현의 모습이 눈에 선명하게 그려졌다. 호효상이 쓰러질 때 자신의 심장도 빠르게 뛰었다. 호효상이 져서가 아니었다. 너무나도 강렬한 박현의 움직임 때문이었다.

이성은 그를 거부하는데 본능이 그를 반기니. 호태성은 자괴감에 입술을 지그시 베어 물었다.

"일단 아이들 단속을 단단히 할게요."

"하지 마라."

쇠를 긁는 듯한 쉰 소리가 침대에서 흘러나왔다.

"소족장님!"

호진석 품에서 울먹이던 호진우가 가장 먼저 그에게로 쪼르르 달려갔다.

"소족장."

이어 호태성과 호진석이 다가가 그를 부축했다.

"끄으."

고통에 호효상은 신음을 삼키며 자리에서 일어나 앉았다.

"얼마나 기절했었지?"

"삼십 분이 조금 안 됩니다."

"그리 오랜 시간은 아니군."

호효상은 쓴웃음을 삼켰다.

"끄응."

호효상은 침대 밖으로 나와 걸터앉았다.

"소족장."

"괜찮아. 이런 상처가 어디 한두 번이야?"

나직하게 숨을 내쉰 호효상은 호진우를 쳐다보았다. 그리고 호태성을 쳐다보았다. 호태성이 자신의 오른팔이라면 호진석은 자신의 왼팔이었다. 그리고 호태성이 불과 같다면 호진석은 물처럼 차분했다.

지금도 호태성은 붉어진 얼굴로 겨우 화를 삭이는 것이 눈에 보이는 반면 호진석은 평소와 다름없이 차분했다. 저 차분함 속에 앞으로 어떻게 대처할지 수많은 생각들이 쌓여 있을 것이다.

"진석아."

"예, 형님."

"하지 마라."

"……."

호진석은 미세하나마 미간에서 표정을 드러냈다.

"무얼 말하는지 알지?"

"하지만……."

호효상은 그의 말을 막아서며 고개를 저었다.

"내가 방심했다고 말하고 싶은 거지?"

호효상은 호진석의 꽉 닫힌 입을 잠시 바라보았다.

"이번 싸움이 처음이 아니다. 두 번째이고."

"……!"

"그리고 그 두 싸움에서 모두 졌다."

"혀, 형님!"

둘의 대화를 듣고 있던 호태성이 깜짝 놀라 목소리를 높였다.

"나라고 수긍이야 어디 쉽겠냐?"

"……."

"……."

"하지만 하나는 알았다."

"그게 뭡니까?"

호태성은 입을 굳게 닫았고, 호진석이는 머뭇거리다가 입을 열었다.

"그릇."

호효상은 호태성과 호진석을 번갈아 시선을 마주쳤다.

"가진 그릇이 달라."

"하지만 형님!"

호태성은 조금 더 목소리를 키워 그를 불렀다.

"형님."

반면 호진석은 목소리를 더욱 낮췄다.

"안다. 그는 호탕하지도 않고, 대범하지도 않지. 태성이는 몰라도 진석이는 어느 정도 느꼈으리라 여겼다."

"……네."

호진석이 고개를 끄덕였다.

"내가 느낀 그는 왕이라기보다 계략을 꾸미는 모사꾼에 가깝다."

"그러면 더욱 문제인 거 아닙니까."

호태성.

"하지만 왕의 아래에서 천하를 도모하는 모사꾼이 가지지 못한 것이 하나 있지."

"위엄."

호진석이 낯을 굳히며 말했다.

"그래. 그 위엄. 그래서 모사꾼은 비상한 머리를 가지고도 천하의 주인이 되지 못하지."

"그에게 위엄이 있다는 것입니까?"

호태성이 참지 못하고 끼어 들 듯이 물었다.

"심장을 두근거리게 뛰게 만드는 것이 위엄이라면……, 있다."

"……!"

호태성은 눈을 부릅떴고,

"······!"

호진석은 눈살을 찌푸렸다.

"성왕은 다스리지 군림하지 않는다 하였다. 헌데 그는 다른 이들 위에 군림하려 하지."

"제가 보기에 패왕의 자질은 아닌 듯 보였습니다."

호진석.

"군림하는 자, 패왕만 있는 게 아니다."

"······!"

호효상의 말에 호진석의 낯이 변했다.

"뭡니까? 뭐야?"

호태성은 답답함을 이기지 못하고 호효상과 호진석을 다 그쳤다.

"여우의 머리에, 사자의 힘."

호진석.

"그러한 자를 군중은 간웅이라 부른다."

호진석이 대답했다.

"그런데 어쩌자고 아무것도 하지 마시라고 하십니까?"

호태성이 물었다.

"혹시."

하지만 호진석은 다른 반응을 보였다.

"간웅도 영웅이어라. 우리에게는 선택의 여지가 없지 않나."

호효상은 호태강을 빤히 쳐다보았다.

"왜 저를 그리 보십니까?"

"너 맨날 그랬지. 사내로 태어나 전사로 자랐으면 신나게 칼밥 한번 먹어봐야 하지 않겠냐고."

"그, 그거야. 넵, 그랬습니다."

호태성은 변명 아닌 변명을 하려다가 이내 그 말에 수긍했다.

"앞으로 신나게 칼밥을 먹을 수 있을 게다."

"……?"

"백호의 성정상 봉황과 한 지붕 아래서 오순도순 살 수 있을 것 같나?"

그 말에 호태성의 미간이 꿈틀거렸다.

"진석아."

"네."

"너도 답답한 이곳보다는 넓은 하늘 아래가 더 좋지 않겠나?"

"하지만 저는 그 하늘을……."

"그만."

호효상은 그 말을 잘랐다.

"나도 그 하늘 아래 서 있을 거다. 전처럼, 그리고 이후에도."

호효상은 둘을 보며 담담한 미소를 지어 보인 후 자리에서 일어났다.

"큭."

생각보다 중한 상처에 호효상을 허리를 접으며 신음했다.

"형님."

"혀, 형님."

호태성과 호진석이 서둘러 그를 부축했다.

"그는, 아니 그분은 어디에 있나?"

"호선당에 있습니다."

"가자. 호선당으로."

"좀 더 쉬십시오."

호태성이 그를 말렸다.

"쇳물도 달아올랐을 때 빼라고 했다. 이왕 뺄 거면 달아올랐을 때 빼야지."

*   *   *

"앞으로 어떻게 되는 거냐?"

"그나저나 소족장께서 한 방에 가실 줄 알았냐고."

"솔직히 까놓고 말해서, 응? 백호가 그리 멋있을 줄 알았어? 어? 안 그래?"

삼삼오오 무리 지어진 어느 곳에서 앳된 청년이 박현을 칭찬하자 금세 분위기가 싸하게 바뀌었다.

"이 새끼, 뭐라고 하는 거야 지금? 앙?"

"뭐?"

발끈한 청년과 내가 뭘 그렇게 잘못했냐는 듯 눈을 부라리는 앳된 청년.

"야! 솔직히 졸라 멋있지 않았냐? 나는 아직도 심장이 벌렁거린다. 안 그러냐?"

앳된 청년은 평소 죽이 맞는 친구의 팔을 툭 치며 물었다.

"뭐, 까놓고 말해서 열라 멋지기는 했지."

"근데 백호, 진체로 탈피한 지 한 달도 안 되지 않냐?"

"리얼리?"

"진짜?"

"왜 한 달 전쯤 찾아왔을 때, 그 이유가 진체로 변신하는 방법을 알려고 온 거라고 그러던데?"

"헐~."

"나도 그 소리 들었어."

"그런데 한 달도 안 돼서 소족장을……."

말을 하던 이는 주변의 눈치를 슥 살피며 목소리를 낮췄
다.

"한 방에 보낸 거야?"

"올~. 스벌, 죽이는데."

"아까 그거 축지 아니었냐?"

"진짜?"

"맞을걸. 내 눈이 또 한 매눈 하잖……. 어? 소족장님이
네."

수다가 한창 무르익을 때였다.

마을 광장에 호효상이 호태성의 부축을 받으며 모습을
드러냈다.

호효성은 자신에게 쏟아지는 눈빛에 쓴웃음을 애써 숨기
며 호선당으로 향했다. 그리고 자연스레 다수의 호인들이
궁금함을 이기지 못하고 그를 뒤따랐다.

이미 소식이 전해졌는지 호선당 앞에는 박현을 비롯해
장로들이 나와 있었다.

호효상은 박현과 잠시 시선을 마주한 후 호태성의 부축
을 벗어나 제 힘으로 그 앞에 걸어갔다.

역시나 박현은 자신을 쳐다만 볼 뿐 입을 열지 않았다.

"약속 하나 하십시오."

"어떤?"

"호족의 전사들을 박현 님의 목숨만큼 귀하게 여기겠다고. 그 약속 하나면 됩니다."

"못 해."

"……!"

응당 허락할 줄 알았다.

그런데 싫단다. 아니 못 한단다.

박현의 말에 주변의 웅성거림이 커졌다.

"조용히 하지 못할까!"

장로 호철호가 나이에 어울리지 않는 커다란 목소리로 일갈을 날렸다.

"싸우다 보면 죽어야 할 자리도 생겨. 그렇다면 나는 어쩔 수 없이 누군가를 보내야 하겠지."

"……."

"대신 이건 약속하지."

호효상은 입술을 굳게 닫으며 고개를 끄덕였다.

"헛된 피를 흘리게 하지 않고, 죽어야만 한다면 명예롭게 죽게 하겠다."

그 말에 호효상은 피식 웃음을 터트렸다.

"당신은 정말……. 아닙니다. 그거면 됩니다. 헛된 약속보다 그게 더 믿음이 가니."

호효상은 뒤로 한 걸음 물러나 박현을 응시했다.

그리고 천천히 무릎을 꿇고 바닥에 엎드렸다.

"신, 호효상. 죽는 날까지 그대를 왕으로 모시며 충정을 바치겠습니다."

"허락한다."

박현은 오연하게 그를 내려다보았다.

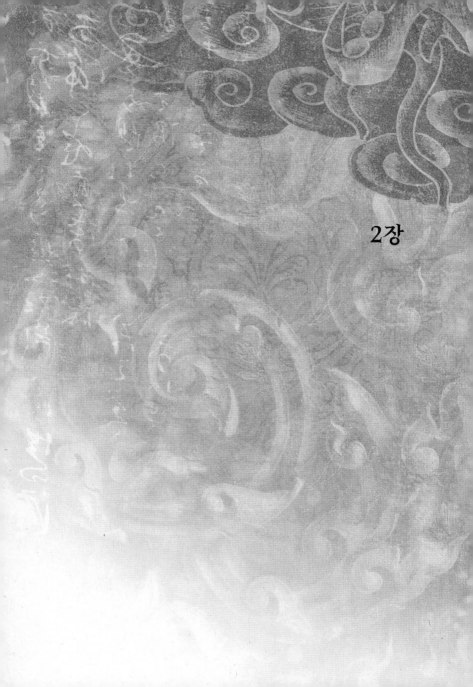

2장

"나는! 나는…… 도저히 찬성할 수 없소!"

반대의 목소리가 터져 나왔다.

박현은 고개를 들어 반대를 표한 이를 쳐다보았다.

다른 이들보다 머리 하나는 더 큰 체구의 사내는 호효상을 부축하고 온 호태성이었다.

"이름은 모르지만 얼굴은 기억나는군."

"무엄하다! 뉘 앞에서 언성을 높이는 것이냐!"

장로 호철호가 그를 크게 꾸짖었다.

"호태성!"

동시에 호효상이 자리에서 일어나 호태성을 바라보며 엄

하게 그를 불렀다.

"괜찮습니다. 그리고 그대도 끼어들지 마."

박현은 최고장로 호철호와 호효상을 말린 후 그를 향해 걸음을 내디뎠다. 그리고 자연스레 그와 반걸음 뒤에 서 있는 호진석에게도 눈길을 주었다.

"표정을 보니 그쪽도 이와 의견이 달라 보이지 않는데. 맞나?"

박현의 물음에 호진석은 고개를 끄덕이며 호태성 옆으로 다가와 섰다.

"흐음."

박현은 묘한 침음과 함께 입꼬리를 살짝 말아올렸다.

둘을 보니 문득 일청파 쌍두마차 양두희와 강두철이 떠올랐다. 물론 풍기는 이미지는 전혀 달랐지만.

박현은 고개를 돌려 얼굴을 울그락불그락 붉히는 호효상을 잠시 일견했다.

"기분이 썩 좋지는 않지만 그래도 칭찬해 주고 싶군. 좋은 마음가짐이야."

박현은 고개를 끄덕이며 다시 호태성과 호진석을 바라보았다.

"그래서 어떻게 할까?"

"……."

"……."

너무나도 직설적인 물음에 둘은 순간 할 말을 찾지 못했다.

"딱히 답이 있어 나온 건 아닌 듯하고. 쉽게 갈까?"

박현이 그렇게 씩 웃음을 드러내자 호태성은 고개를 돌려 호진석과 눈빛을 교환했다.

호태성의 눈빛은 너무나도 알기 쉬웠다.

전형적인 무인의 눈빛, 뒤는 생각하지 않고 한 판 붙어보고 싶어 하는 눈빛이었다. 형제처럼 지내온 호진석이 그 눈빛을 몰라볼 리 없었다.

호진석은 쓴웃음과 함께 고개를 저었다.

"이렇게 대책 없이 나서는 건 또 오랜만이네."

중얼거리며 박현을 쳐다보았다.

"뭐…… 애교로 봐주시기를."

호진석은 말을 마치자마자 진체를 드러냈다.

"크허어엉!"

"나는 애교가 아니오."

그의 변신에 호태성은 만족스러운 표정과 함께 진체로 변했다.

"크허어어엉!"

두 마리의 황호가 포효하자 주변에 모였던 이들은 다시

숨을 죽이며 뒤로 물러나 공간을 만들었다.

"크하아아아앙!"

박현도 그들을 향해 진체를 드러내며 투기를 폭발시켰다.

　　　　　*　　　*　　　*

멋들어진 병풍 아래로 두툼한 비단 보료가 깔려 있었고, 마흔 안팎으로 보이는 사내가 장침[1]에 기댄 채 앉아 있었다.

조선시대 사대부 방을 떠올릴 법한 서재였다.

"요즘 월이랑 월화랑의 움직임이 이상하다고?"

미남형의 얼굴을 가진 사내의 흠이라면 얇은 입술과 살짝 찢어지듯 올라간 눈매였다.

화랑문 풍월소주이자 이 방의 주인인 김열이었다.

"그렇습니다, 소주."

그 앞에 단정하게 부복하고 있는 이는 그의 수족인 열화랑의 대낭두 최선익이었다.

"자주 자리를 비운단 말이지."

김열은 안석[2]에 몸을 기대며 경상[3]을 주먹으로 가볍게 두들겼다.

"홋."

고민에 잠기는가 싶더니 김열은 옅은 조소를 터트리며 경상 옆에 놓인 자그만 다과상에서 한과 하나를 입에 물었다.

"소주. 그래도 쉽게 넘길 일은 아닌 듯싶습니다."

김열을 중심으로 좌측에 정좌하고 있는 마흔 중반으로 보이는 사내가 충고를 올렸다.

그는 풍월주 직속 5대 화랑단 중 패화랑을 이끄는 최영도였다.

"패화랑."

김열은 그 충고에 언짢음을 내비치며 그를 불렀다.

"예, 소주."

"그 애가 뭘 어찌한다고 해도 바뀌는 건 없어요. 지엄한 문규 때문에 이 자리에 앉고 싶어도 못 앉아요. 패화랑도 아시면서 그러십니까?"

"그 점 알고 있습니다."

패화랑은 눈가를 얼핏 일그러트렸지만 목소리는 변함이 없었다.

"치기 어린 날 그걸 몰라 애먼 녀석을 미워했지만 다 지난 일 아닙니까?"

그 말에 패화랑 최영도의 눈가 주름이 더욱 선명해졌다.

말은 저렇게 너그럽게 해도 여전히 열등감에 사로잡혀 동생 김월을 눈엣가시처럼 여겨하는 것을 모르는 패화랑 최영도가 아니었다.

그리고 당장 죽일 수만 있다면 죽일 위인이 바로 김열이었다.

다만 풍월주와 원로들이 눈을 시퍼렇게 뜨고 있어, 그들이 무서워 행하지 못하는 것일 뿐이었다.

'쯧쯧쯧. 차라리 강단 있게 죽이면 좋을 것을.'

패화랑 최영도는 나직하게 혀를 찼다.

김열은 자신의 자리를 단단한 반석으로 착각하고 있었다.

사실 맞다.

다만 그가 살아 있을 때의 이야기다.

풍월주는 지금도 그와 김월을 사이에 두고 저울질을 하고 있었다. 다만 철저하게 장자 승계 원칙을 중시하는 원로들과 문규가 김월의 모자란 부분을 채워 주기에, 아슬아슬하게 무게추가 기울어져 있을 뿐이었고, 풍월주는 그저 지켜만 보고 있을 뿐이었다.

그 이유는 김열이 그저 지나가는 징검다리로 나쁘지 않다 여기고 있었기 때문이었다.

대리청정을 통해 화랑문을 좀 더 이끌 수 있다가 손자에게 넘겨도 무방하다고 여기고 있었다.

하지만 저울의 기울기가 김월에게로 넘어간다면 풍월주는 어떤 반대라도 개의치 않고 김열을 죽이고 그 자리에 김월을 앉힐 것이 분명했다.

'어찌 저리 갈수록 아둔해진단 말인가.'

어릴 적 김월을 질투하며 부단히도 채찍질하며 노력할 때는 이 정도는 아니었건만, 패화랑은 속으로 깊은 탄식을 삼켰다.

풍월주의 명령이 아니었다면 지금 이 자리를 지키고 있지도 않았을 것이다.

그리고 자신을 대하는 태도도 그렇다.

자신이 그를 지키는 방패이자 그를 죽일 칼임을 전혀 눈치 채지 못하고 있었다. 그저 자신이 차기 풍월주이니 미리미리 잘 보이기 위해 옆을 지키고 있다고 여기고 있으니 말이다.

그를 죽이고 살리는 것은 오로지 풍월주의 의지.

그 외의 누구도 해당할 수 없었다.

"그건 소주께서 살아 있을 때의 이야기지요. 아니 살아 있더라도 폐인이 된다면 이야기는 달라집니다."

패화랑 최영도의 말에 입안에서 달달함을 느끼고 있던 김열이 눈을 부릅떴다가 몸을 바르르 떨었다.

"그 말 무슨 뜻입니까?"

김열은 눈에 띄게 흥분한 모습이었다.

"승계 제일 원칙, 장자 승계. 이칙 장자가 승계할 수 없다면 차남이 승계한다. 모르시진 않겠지요?"

쾅!

"그래서 그 새끼가 날 죽일 거라는 겁니까?"

김열은 경상을 강하게 내려치며 격하게 열을 냈다.

"말이 그렇다는 겁니다. 대대로 내려오는 풍월주 계보에도 장자가 아니신 분들도 여럿이고, 야설에도 그런 이야기가 없지 않다는 이야깁니다."

패화랑 최영도는 표정 하나 변하지 않고 담담히 말을 꺼냈다.

"그 새끼가 그런 마음을 먹었단 말이지."

"그런 마음을 먹었다는 게 아니라 그럴 수도 있다는 말입니다, 소가주."

패화랑은 살기를 풍기며 이를 가는 김열의 말을 정정해주었다. 한숨이 절로 나오는 상황이었지만 표를 낼 수는 없었다.

"개새끼. 고고한 척, 아무런 관심 없는 척하면서 뒤에서 호박씨를 까?"

어찌 저리 듣고만 싶은 것만 들을 수 있을까.

그나마 열화랑 내에서 신망이 두텁다면 두텁다는 것이 다행일 것이다. 문제는 그 신망을 어디 숫제 조폭처럼 어울리며 만들어 낸 것이지만.

"최 대낭두."

"예, 소주!"

대낭두 최선익은 우렁찬 목소리로 대답했다.

"당장 열화랑 낭도들을 소집해!"

그 명에 대낭두 최선익의 얼굴에는 당황스러움이 떠올랐다.

"……저기 소주. 일단 뒷사정을 캐어 보심이 어떠신지요? 무작정 병력을 일으켰다가 오히려 역풍을 맞을 수도 있습니다."

대낭두 최선익은 차분하게 그를 설득했다.

"뭐? 그럼 그 새끼를 계속 두고 보란 말이야?"

"계속 두고 보자는 것이 아니라 확실하게 쳐낼 수 있는 명분을 만들자는 뜻입니다. 이번에 확실하게 처리할 수 있다면 소주께서는 앞으로 남은 생을 편하게 두 다리를 쭉 펴고 지내실 수 있을 겁니다."

대낭두 최선익은 최대한 그를 자극하지 않고 듣기 좋은 말을 곁들어 그를 설득했다.

"흠."

그 말에 김렬이 잠시 고심하는 듯 눈을 이리저리 굴렸다.

"본인의 생각에도 그러합니다."

"끙. 패화랑께서도 그리 말씀을 하시니 그리하지요."

패화랑 최영도까지 가세하자 김렬은 앓는 소리와 함께 한 발 물러나는 모습을 보였다.

"소주. 대신 소장이 티끌 하나 놓치지 않고 뒤를 캐겠습니다."

"좋은 소식을 가져와야 할 것이야."

"분부 받잡겠습니다."

김렬의 은근한 지시에 대낭두 최선익이 비릿한 미소를 지으며 복명했다.

*　　　*　　　*

호촌 가장자리, 퀴퀴한 약재 냄새가 풍기는 약방에 세 명의 사내가 누워 있었다.

바로 호효상, 호태성, 호진석이었다.

"에잉, 못난 놈들."

허리가 구부정한 초로의 노인이 곰방대로 혀를 차며 호태성과 호진석의 이마를 내려쳤다.

"악!"

"큭!"

곰방대 꿀밤이 제법 매서웠는지 호태성과 호진석은 자리에서 들썩이며 비명을 질렀다.

"환자를 패는 의사가 어디 있어요?"

호태성이 이마를 문지르며 소리를 버럭 질렀다.

콩!

그러자 초로의 노인은 호태성의 이마를 곰방대로 한 대 더 내려쳤다.

"나 의사 아니다. 어디서 매를 벌어, 매를."

"어르신께 잘못했다 말씀드려라."

호태성이 뭐라 한 마디 더 꺼내려 했지만 호효상의 말에 입을 꾹 닫으며 고개만 꾸벅 숙였다.

"잘못했습니다."

"엎드려 절을 받아도 그보다 표정이 좋겠다, 이눔아."

초로의 노인, 황노가 다시 곰방대로 호태성의 정수리를 가볍게 톡 내려쳤다.

"그리고 움직이지 말어. 상처가 제법 커. 자꾸 움직이면 상처가 곪아."

황노 의원의 말에 호태성은 불만 가득한 얼굴로 다시 침대에 누웠다.

"이제 시원하냐?"

황노가 병실에서 나가고 얼마 지나지 않아 호효상이 호태성과 호진석에게 질문을 던졌다.

"시원하지는 않습니다."

"그래서?"

"그래서라니요. 사내가 한 입에 두 말 할 수는 없지 않습니까. 뭐 어차피 소족장님과 함께이니 딱히 달라지는 것도 없고."

호태성의 얼굴은 제법 편해 보였다.

"확실히 놀랍지?"

"뭐 어설픈 면이 없지 않지만 확실히 잘 싸웁디다. 진 내가 이런 말을 할 입장은 아니지만."

호효상은 살짝 웃음을 보인 후 호진석을 쳐다보았다.

"너는?"

"어차피 받아들일 수밖에 없는 상황이니 받아들여야겠지요."

"그렇게 똑똑한 놈이 왜 저 멍청이랑 함께한 거야?"

"제가 목석도 아니고, 감정을 따르고 싶을 때도 있습니다. 아닌 걸 알면서도 하고 싶은 뭐 그런……, 윽."

호진석은 머리를 긁적이다가 상처가 벌어졌는지 얼굴을 일그러뜨렸다.

"나는 네가 목석인 줄 알았는데."

호태성.

"형님! 큭!"

호진성이 소리를 지르려다가 고통에 황급히 입을 닫았다.

"진석아, 어차피 안 할 거라 믿지만 당분간 흘러가는 대로 놔둬라."

"그래도 좀 불안합니다."

호진석은 흠칫하며 말을 꺼냈다.

"사실 아직도 그가 어떤 인물인지 모르겠습니다."

"왜, 나름 대범해 보이던데."

호태성이 고개를 갸웃거렸다.

"대범하지. 문제는 대범하게 보이는데 그 속이 안 보인다는 거야."

"간웅."

호진석의 말에 호태성이 '간웅'을 떠올리며 중얼거렸다.

"그런데 그와 함께라면 전장이 재미있을 것 같다는 생각이 든단 말이야."

호진석이 천장을 바라보며 읊조렸다.

"그래서 솔직히 조금 두렵습니다. 속은 모르는데 마음을 흔들어 버리니."

"우리의 생각이 잘못되었기를 하늘에 빌어야지."

호효상도 말을 이어받은 후 호진석처럼 천장을 보며 많은 생각에 잠겼다.

"흠."

호태성도 미간을 찌푸리며 묵직한 침음을 내뱉었다.

황노 의원이 약보따리를 들고 찾아간 곳은 호선당이었다.

"음?"

황노 의원은 호선당에 들어서자마자 평복으로 갈아입고 있는 박현을 보자 눈을 동그랗게 떴다.

"아니 어쩌자고."

황노 의원은 종종 걸음으로 박현에게로 다가갔다.

"상처도 중한데 어딜 가려 하는가?"

"어허, 어디 왕께 그 무례한 언사이신가?"

그 곁을 지키고 있던 장로 호철호가 황노를 질타했다.

"호가야. 나는 호족이 아니다."

황노는 사뿐히 호철호의 말을 씹어버렸다.

"이눔아. 호촌에서 반백 년이나 밥 벌어 먹고살면 호촌인(人)이지."

"그건 네놈 생각일 뿐이고."

황노는 장로 호철호의 반박 역시 사뿐히 흘리며 박현의 안색을 살폈다.

살짝 창백했지만 혈색이 나쁘지는 않았다.

"내일이 출근인지라."

"일단 상처 좀 보세."

황노 의원은 박현의 상의를 들어 붕대로 감싼 상처를 살폈다.

"음."

붕대를 들쳐 상처를 살피던 황노의 눈이 슬쩍 커졌다.

"왜, 안 좋은 것이야?"

장로 호철호가 민감한 반응을 보이며 끼어들었다.

"피가 다르긴 다른 모양이야. 생각 이상으로 빠르게 상처가 아물고 있어."

"휴우—."

그 말에 장로 호철호가 안도의 한숨을 나직이 내쉬었다. 아울러 박현에게는 그다지 새삼스러운 일도 아니었다.

"안심할 정도는 아니지만 이 정도 치유력이라면. 붕대라도 갈고 가게."

박현은 자신을 기다리고 있는 박수무당 조완희와 도깨비 서기원을 쳐다봤다. 괜찮다는 듯 둘은 고개를 끄덕였다.

"알겠습니다."

박현은 다시 상의를 탈의했고, 황노 의원은 익숙한 손길로 상처를 소독하고 새 붕대로 갈았다.

"자, 됐네."

"셋은 언제쯤 자리를 털고 일어날 것 같습니까?"

박현은 상의를 다시 입으며 황노 의원에게 호효상을 비롯해 둘의 경과를 물어보았다.

"흠……, 보름이면 털고 일어날 듯싶은데 혹시 모르니 스무 날은 생각해야 할 걸세."

"그렇군요."

박현은 약함을 다시 주섬주섬 싸고 있는 황노 의원에게 말을 건넸다.

"일어나면 저를 찾아오라 전해 주실 수 있겠습니까?"

"그게 뭐 그리 힘든 일이라고. 알았네, 그리 전함세. 그리고."

황노 의원은 한지에 쌓인 약재꾸러미를 내밀었다.

"하루에 두 번, 달여 마시게."

"흠."

박현은 약재를 받아들며 어색한 표정을 지었다.

한약을 먹어본 적도 없지만 달여 본 적은 더더욱 없었다. 아니 요즘 시대에 누가 한약을 달여 먹겠는가.

"신당에 탕제기 있다. 약 달이는 법 알려주마."

박수무당 조완희가 말을 하자, 도깨비 서기원이 얼른 달려와 박현에게서 약재를 넘겨받았다.

"걱정 마야. 정 안 되면 내가 다려 먹여야."

"감사합니다."

"몸조리 잘하게."

"예."

황노 의원이 호선당을 떠나고.

"킁킁. 이야~ 좋은 약재를 썼나 봐야. 향이 좋아야."

서기원이 그리 말해도 박현은 약에 대해 잘 모르니 그냥 그런가 보다 했다.

"무슨 연유로 그 아이들의 병세를 물어보신 건지요?"

호철호가 다가와 조심스럽게 물었다.

"제가 도움을 받을 일이 있어서 그렇습니다."

박현은 담담한 미소를 지어 보였다.

* * *

"일산 치안 센터라."

박현은 피식 웃음을 터트리며 차 시동을 걸었다.

막 차를 출발하려 할 때 전화가 걸려 왔다.

"음?"

유호동 형사과장의 전화였다.

"예."

박현은 전화를 받았다.

《어디냐?》

유호동 형사과장의 무뚝뚝한 말투가 들려왔다.

"이제 출근하려구요."

《새끼, 빠져가지고. 경찰서로 들어와.》

"제가 왜요?"

박현의 목소리는 삐딱하기 그지없었다.

《전출 취소됐다. 형사과로 출근해.》

"알았습니다."

《…….》

박현의 대답에 유호통 형사과장의 목소리가 잠시 끊겼
다.

《그게 다야?》

"취소되었다면서요."

《어.》

"그럼 출근할게요."

박현은 말을 마치자마자 그냥 전화를 툭 끊어 버렸다. 그
리고는 피식 웃음을 터트리며 전화기를 주머니에 넣었다.

어느 정도 예상했던 바.

박현은 익숙하게 차를 몰아 일산경찰서로 향했다.

"여어—."

"지겹던 얼굴도 반가울 때가 있다."

형사과로 들어서자 반가운 인사가 쏟아졌다.

박현은 가볍게 손을 흔들어 인사를 대신하며 자리에 앉았다. 그가 자리에 앉자 강력1팀 형사들이 우르르 몰려왔다.

"그게 사실이냐?"

"진짜야?"

"아무리 그래도 그렇지. 그건 너무했지."

앞뒤 다 잘린 질문에 박현은 그들이 무슨 말을 하는지 한마디도 알아차릴 수 없었다.

"아, 진짜. 형님들 그렇게 말하면 알아들어요? 네?"

박현과 나이 대가 비슷한 김완 경장이 형사들 사이를 비집고 들어와 앞에 앉았다.

"현아."

"왜요?"

"사랑싸움이 무섭기는 무섭다 그치?"

"……?"

"그러니까 너랑 한 경위가 사귀는데 크게 한 판 했어. 맞지?"

그 질문에 박현의 얼굴이 묘하게 일그러졌다.

"네가 크게 잘못했을 리는 없겠지만. 그래도 눈에 넣어도 안 아플 막내인데……, 네가 이해해야지. 그런데 진짜냐?"

"그러니까 그게 무슨 말이냐구요?"

"너 일산 치안 센터로 전근 발령 난 걸 말하는 거다."

"그 말인즉슨, 내가 한 경위랑 사귀고 둘이 크게 싸웠다. 그걸 안 한 경위의 오빠 한 전무가 크게 노했고, 그래서 일산 치안 센터로 발령이 났다?"

겨우겨우 앞뒤를 추론한 박현의 말에 그를 둘러싼 모든 형사들이 고개를 끄덕거렸다.

"그러면 뭐 한 경위와 화해를 해서 전근이 취소되었고."

마치 군무를 보는 듯 형사들은 다시 일제히 고개를 끄덕거렸다.

"헐."

박현은 어이없다는 소리를 내다가.

"우와~ 이거 뭐. 지금 장난쳐요?"

자리에서 일어나 소리를 버럭 질렀다.

"강한 부정은 긍정 맞죠?"

"맞네. 맞아."

"방귀 뀐 놈이 성낸다더니. 맞는가 보다."

"하긴 한 경위가 병가를 내고 한 전무가 찾아온 것을 보면 앞뒤 딱 맞네."

하지만 이미 진실이 되어 버린 풍문.

"그래도 좋겠다. 재벌가 사위가 되어서."

"과연 그게 좋을까요? 재벌들이 어떤 사람들인데."

"그래도 그날 보니 사람 좋아 보이던데?"

"에이, 괜히 재벌가를 로열패밀리라고 하는 게 아니라구요."

이미 볼일을 다 봤다는 듯 형사들은 삼삼오오 흩어지며 저마다 말을 덧붙이기 시작했다.

"전부 스톱!"

박현은 고함에 가까운 목소리로 그들을 다시 불러 세웠다.

"내 마지막으로 말합니다. 첫째, 한 경위랑 안 사귑니다. 둘째……."

"결혼하고 나중에 우리 쌩까지 마라."

"결혼한다고 그만두시지는 않겠지? 나도 진급 좀 하자."

"의리하면 박현인데, 설마 그러겠어?"

"이거 박현한테 잘 보여야 하는 거 아닌가?"

박현의 말이 이렇게 씨알도 안 먹히는 건 또 처음이었다.

"으아아아아아!"

박현은 화를 참지 못하고 고함을 내질렀고, 그 고함은 어느 누구의 귀에도 들어가지 않는 공허한 외침일 뿐이었다.

*용어

1) 장침: 모로 비스듬히 기대어 앉아 팔꿈치를 괴는 사각형의 베개. 장방형의 긴 것을 장침이라 하며, 정사각형에 가까운 것을 단침 혹은 사방침이라고 한다.

2) 안석: 몸에 기대어 앉는 방석, 일반적인 의자에서 등받이 부분이라 할 수 있다.

3) 경상: 책이나 경전을 올려놓고 읽는 데 쓰이는 좌식 책상.

3장

　기품 있는 병풍과 흑백의 조화가 어울리는 비단 보료.

　세월의 흔적이 보이는 경상 앞에 희끗희끗한 수염을 내린 중년인이 정좌를 한 채 앉아 있었다.

　그의 이름은 김강호.

　바로 현 화랑문의 문주이자 풍월주였다.

　그의 앞에 패화랑 최영도가 무릎을 꿇고 앉아 있었다.

　"어찌하옵니까?"

　"월이가 움직이고 있다?"

　김강호는 조용히 눈을 떴다.

　"자세한 사안을 아직 알아내지 못했지만 한성그룹과 접

촉이 잦아지고 있습니다."

"음."

풍월주 김강호는 미지근하게 식은 녹차를 들어 한 모금 마셨다.

"뭔가를 하기는 한다는 소리군."

패화랑 최영도는 조용히 그의 답을 기다렸다.

"첫째 놈은 요즘 어떻게 지내나?"

이미 알고 있으리라.

하지만 풍월주 김강호는 패화랑 최영도의 입을 통해 듣고 싶어 하는 것이다.

"영민함이 많이 사라지셨습니다."

"그놈이 사라질 영민함이 있었던가?"

풍월주 김강호의 입에서 조소가 흘러나왔다.

"그래서 첫째 놈은?"

"일단 열화랑 쪽에 어느 정도 정보를 흘렸습니다. 그에 더욱 노하여……."

"그 아둔한 성정에 아직까지 칼을 뽑지 않은 게 더 신기하군."

"대낭두 최선익이 일단 진정시키고 있습니다."

"그게 그놈의 복이기는 하지."

풍월주 김강호는 식은 찻잔을 내력으로 다시 데워 한 모금 목을 축였다.

"정보를 감하지 말고 모두 흘리게."

"예."

"그리고 자네가 첫째 놈에게 힘을 좀 실어주고."

"⋯⋯!"

허리 숙여 대답하던 패화랑 최영도의 눈이 부릅떠졌다.

"그리하겠습니다."

"예화랑과 류화랑에게도 협조를 부탁하고."

"⋯⋯예."

패화랑 최영도의 눈동자가 잠시 흔들렸다.

"이제 후계를 정리할 때가 되기는 했지."

지금 그 말.

단순히 김열이 장자이기에 힘을 실어주라는 것이 아니었다.

풍월주 김강호는 둘째 김월을 버린 것이다. 그 말은 김월을 죽이겠다는 뜻이기도 했다.

"일 보시게."

그만 물러가라는 뜻.

패화랑 최영도는 종종걸음으로 그의 집무실을 나왔다.

바람 한 줄기가 그의 꽉 막힌 숨통을 잠시나마 달래 주었다.

'어째서?'

자신이 생각하기에 장자 원칙만 아니라면 월화랑이 차기 풍월주로 화랑문을 잘 이끌어 갈 재목이다. 하지만 풍월주 김강호는 그런 월화랑이 아닌 장자 열화랑을 선택했다.

'단지 원로들의 눈치가 보여 그런 것이 아니시란 말인가?'

하긴 얼음처럼 차가운 성정의 풍월주 김강호가 원로들의 의견을 존중한다는 것 자체가 의아하기는 했었다.

'아!'

패화랑 최영도는 순간 하나의 사실을 떠올렸다.

'열화랑을 통해 장기집권을 이루시려는군.'

그저 장자가 못나 그런 생각을 하는 것이라 여겼다.

아니 어쩌면 처음에는 그렇게 생각했었을지도 모른다.

그러기에는 월화랑은 오히려 그의 발목을 잡을 수도 있을 터.

"흠."

패화랑 최영도는 무거운 신음을 흘렸다.

하지만 이내 고개를 세차게 흔들었다.

'그저 주군의 뜻만 따르면 되는 것을. 불충이다. 불충.'

생각과 달리 그의 발걸음은 무겁기 그지없었다.

　　　　　＊　　　＊　　　＊

"옆집은 뭐다야?"

초저녁 도깨비 서기원은 별왕당으로 들어서며 마루방에 앉아 지화를 접고 있는 박수무당 조완희에게 물었다.

"며칠 전에 팔렸다더니 새로 리모델링한다나 뭐라나."

조완희는 담장 위로 삐죽하게 솟은 가림막을 보며 눈가를 찌푸렸다.

"옆집이면…… 철학관이었던가? 맞지야?"

"어, 맞아. 나이도 있으시고 해서 은퇴하신다 하더라."

"터가 나쁘지 않아 보였는데, 좀 아쉬워하겠어야."

"아쉬워하실까, 어차피 은퇴하시는 건데. 오히려 터 기운을 잘 받아서 무탈하게 지냈으니 만족하시겠지."

"하긴. 무탈한 게 최고기는 해야."

서기원은 오뚜기처럼 몸을 흔들며 옆집을 다시 쳐다보았다.

"그나저나 당분간 시끄러워서 어째야?"

"별수 있나. 담에 부적이나 몇 장 발라야지."

"아, 그 수가 있어야."

서기원은 손바닥을 딱 쳤다.

"근디 누구여야?"

서기원은 턱으로 옆집을 가리키며 물었다.

"나도 몰라."

"몰라야?"

"무당밥 먹고 사는 사람이라면 뭔가 소식이 있을 법한데 소식이 없네. 그렇다고 무당 골목에 평범한 가정집이 들어올 일은 없고."

"조기~ 앞집처럼 선무당은 아니겠지야?"

"모르지. 뭐~ 누가 와도 그 여무당보다는 낫겠지."

"하긴 너 엄청 싫어하는 거 같았어야."

"말을 마라. 내 평생 먹은 욕보다 그 여무당한테 들은 욕이 곱절은 더 많다."

이래저래 수다가 이어질 때였다.

끼익—

퇴근을 한 박현이 대문을 열고 별왕당으로 들어왔다.

"마침 잘됐다. 다들 이야기 좀 하자."

조완희는 지화를 옆으로 치우며 목소리를 살짝 세웠다.

"갑자기 왜 그래야? 이 깨비 무서워야."

서기원은 움찔거렸다.

"나 먼저 씻고."

박현은 자연스럽게 마루방을 지나 별채로 향하는 문을 열었다.

"야! 이야기 먼저 해."

박현은 고개를 돌려 조완희를 쳐다보았다.

"그래, 그럼."

박현은 터벅터벅 걸어와 벽에 기대며 조완희를 쳐다보았다.

"큼."

조완희는 서기원과 박현을 보며 헛기침을 내뱉고는 전의를 드러냈다.

"그나저나 둘 다 여기에 살림 차렸냐? 언제까지 객식구 노릇을 할 건데? 나도 개인 프라이버시가 있어."

"우리가 남이가?"

서기원은 진지한 얼굴로 어느 영화의 대사를 흉내 냈다.

"어. 남이야."

"방금 식구라 했어야."

"그래. 했지. 했어. 식구. 객! 식구!"

조완희는 눈에 쌍심지를 켰다.

"좀만 참아라."

"뭘 좀 더 참아. 왜 어디 집이라도 샀냐?"

"어."

조완희의 발끈에 박현이 바로 대답하며 자리에서 일어났다.

"한 보름이면 공사 끝난다고 하니까 좀만 참아."

박현은 담장 너머 가림막을 친 집을 가리켰다.

"허어—. 네가 산 거냐?"

"어. 그럼 나 씻는다."

박현은 바람처럼 별채로 사라졌다.

"이야. 내 조 박수가 그런 인간인지 몰랐어야. 내 더러워서 보름 후에 나가야. 쿵!"

서기원은 대놓고 화났음을 표정에 드러내며 성큼 신당으로 들어가 익숙한 손길로 메밀묵과 막걸리를 신단에 올렸다. 그리고는 꾸벅 절을 한 후 다시 마루방으로 와 술상을 차렸다.

그리고는 시원하게 막걸리를 한 잔 쭉 들이켰다.

"이이이. 야! 이 쌍놈의…… 아악!"

몸을 바르르 떨던 조완희가 소리를 버럭 지르는 순간이었다.

그는 어떤 힘에 의해 마당으로 나가떨어졌다.

"먹는 데 개도 안 건드린다는데 하물며 대별왕이 약주 드시는데 그라면 안 돼야. 그지야? 마니 잡솨야."

서기원은 대별왕 무신도를 보며 히히 웃음을 지었다.

*　　　*　　　*

서울 정경이 내려다보이는 어느 고층 호텔의 라운지 바.

VIP전용 룸에서 한석민 전무와 월화랑 김월이 마주앉아 있었다.

"연락이 왔다."

한석민.

연락이라 함은 박현을 말하는 것.

"생각보다 연락이 늦었군요."

보름이 훌쩍 지나서 연락이 온 것이었다.

"그만큼 신중하거나 아니면 만반의 준비를 하고 있다는 뜻이겠지."

한석민은 갈색의 찰랑거리는 술을 한 모금 마셨다.

"그래서 언제랍니까?"

"보름 이후. 시간과 장소는 알아서 정하라더군."

"제법 시간이 길군요."

김월도 술잔을 들며 생각에 잠기는 모습이었다.

"그리 깊게 고민할 것 없어. 어차피 우리는 전력을 다해 상대할 테니."

"알고 있습니다. 다만 생각을 많게 만드는군요."

김월의 말에 한석민은 쓴웃음을 슬쩍 지었다.

*　　　*　　　*

"조 박수 계시오?"

호효상과 호태성, 호진석이 별왕당으로 들어왔다.

"박현님을 뵈러 왔소."

조완희와 눈이 마주친 호효상은 박현을 찾았다. 그 물음에 조완희는 눈썹이 파르르 떨렸다.

그리고 막 입을 여는 순간.

끼익—

담장에 새롭게 생긴 쪽문이 열렸다.

그리고 쪽문 사이로 서기원이 얼굴을 삐죽 내밀었다.

"왔어야."

"왜 거기서……, 아니 왜 그쪽에 문이…….."

호효상은 황당하다는 얼굴로 조완희와 쪽문 사이로 얼굴을 내민 서기원을 번갈아 쳐다보았다.

"일루 와야. 안 그래도 현이가 기다리고 있어야."

"……어, 이게…….."

당황해서 호효상이 말을 시작하지도 마치지도 못하는 사이 서기원이 손짓으로 그를 불렀다.

"야! 이거 가택침입죄야! 그리고 그 쪽문도 불법이라고 내가 없애라고 그랬어, 안 그랬어!"

"아따 무서워야."

서기원은 무섭다는 듯 몸을 부르르 떨었다. 하지만 얼굴은 싱글싱글 웃고 있었다.

"나 한 발자국도 안 내디뎠어야. 그리고 이거 불법 아니여야. 엄밀히 말하자면 조 박수의 마당이 지적경계를 침범했어야. 우리 현이가 너그럽게 봐줬어야. 고마운 줄 알아야."

실상은 이랬다.

땅을 사고 보니 조완희의 별왕당 담벼락이 지적상 경계를 넘어 대략 30cm정도 박현의 땅 안으로 들어와 세워져 있었던 것이었다.

"아! 그리고 현이가 전해 달라 했어야. 벽 세우면 그동안 지적경계 침범한 일로 손해배상청구 들어간다, 라고 그랬어야."

서기원은 조완희를 향해 인중을 늘린 후 혀를 죽 내밀었다.

"어서 와야."

서기원은 다시 호효상과 호태성, 호진석을 불렀다.

"그럼."

"……."

"안녕히 계세요."

셋은 어정쩡하게 조완희에게 인사를 건네며 쪽문을 통해 옆집으로 넘어갔다.

잠시 후.

"으아아아아아아아!"

조완희의 악에 받힌 고함이 담장을 넘어 들려왔다.

박현이 새로 리모델링한 주택은 무당 거리와 어울리지 않게 화이트와 그레이가 섞인 상당히 현대적인 모습이었다. 호효상은 적당히 집 외부를 구경하며 도깨비 서기원을 따라 집 안으로 들어갔다.

거실은 썰렁할 정도로 가구가 없었다.

그저 담백한 그림 몇 점과 소파, 그리고 소파 테이블이 전부였다.

"왔어야."

서기원이 안으로 조금 큰 목소리로 소리치자 거실과 붙어 있는 방에서 박현이 나왔다.

그가 나오자 호효상과 호태성, 호진석은 허리를 숙여 인사했다.

"앉아."

박현의 안내에 따라 셋은 거실 소파에 자리했다.

"차라도 줄까?"

박현이 물었다.

"괜찮습니다."

호효상이 대답했고, 호태성과 호진석은 그저 고개를 끄덕임으로 대답을 대신했다. 박현도 달리 더 권유하지 않고 소파에 앉았다.

"그런데 말이야."

박현은 셋을 빤히 쳐다보며 입을 열었다.

"본인이 그대들을 믿어도 될까?"

박현은 말을 돌리지 않고 직설적으로 물었다.

"……."

"음."

"……."

그게 편하지는 않았던지 셋은 저마다 표정을 슬쩍 찡그렸다.

"솔직히 그렇잖아. 쌓아온 정도 친분도 없고, 어디 하늘에서 뚝 떨어진 놈이 있는 거 다 가져간다고 하고 있으니 말이야."

"이미 그날 제 뜻을 보여 드렸습니다."

박현의 질문에 호효상은 확고하게 대답했다.

그 말에 박현은 고개를 저었다.

"내가 그대들에게 내 등을 맡겨도 괜찮겠냐는 말이야."

"······."

짧은 침묵.

"어떤 상황이든 제 목숨을 바쳐서라도 등을 지켜드리겠습니다."

"으음."

박현은 의외라는 듯 호효상을 쳐다보았다.

"나를 뭘 믿고?"

"믿어볼 참입니다. 그리고 그럴 일은 없겠지만 만에 하나 등을 지키지 못하겠다는 생각이 들면 말씀을 드리겠습니다."

"마음에 드는 답변이로군."

박현은 흡족한 미소를 지으며 시선을 돌려 호태성과 호진석을 쳐다보았다.

"둘도 같은 생각인가?"

그 물음에 호태성과 호진석은 고개를 끄덕였다.

"좋아. 차차 마음을 트기로 하고. 다들 몸은 어때?"

"많이 좋아졌습니다."

"그래서?"

"괜찮습니다."

다시 이어진 박현의 질문에 호효상은 고개를 갸웃거리며 대답했다.

"이런, 내가 질문을 잘못했군."

박현은 다시 질문했다.

"며칠 후 꽤나 힘든 싸움이 있어. 전쟁까지는 아니지만."

그제야 호효상은 박현의 질문의 요지를 이해할 수 있었다.

"어떤 싸움입니까?"

호효상이 싸움에 대해 물어왔다.

"나에게는 적도 아군도 아닌 이들이 있어. 그들은 한성그룹과 화랑문의 차남 월화랑이야."

"적도 아군도 아니라는 게 무슨 의미입니까?"

"그들은 나를 품에 안고 싶어 하고, 나는 그들 위에 서고 싶어 하지."

박현은 소파에 몸을 기대며 생각에 잠기는 호효상의 얼굴을 쳐다보았다.

"좀 더 상세히 듣고 싶습니다."

"무문의 천가에 대해 아나?"

"제가 알고 있습니다."

호진석.

"그럼 이야기가 쉬워지겠군. 세상에는 알려지지 않았지만 한성그룹 안주인이 무문의 천가 출신이야. 그 무녀의 피가 한성그룹 막내로 이어졌지. 그리고 그 막내는 본인에게 눈을 떴고."

호진석은 미간을 좁혔다.

"한성그룹 막내는 본인의 존재 없이는 서서히 죽어가야 하는 운명이야. 해서 한성그룹은 본인을 품으로 끌어안으려 하고. 또 한성그룹 장녀의 사위가 화랑문 차남 월화랑인 것이고."

"그들은……."

호진석은 박현에 관한 마땅한 호칭을 찾을 수 없어 잠시 말문이 끊겼다.

"호칭이 중요한 것은 아니니 편한 것으로 불러. 뭐 마땅한 거 없으면 박 경위라 불러도 돼."

"아닙니다, 주군."

호진석은 생각을 다잡고 박현을 주군이라 불렀다.

"주군이라."

박현은 중얼거리며 피식 웃음을 삼켰다.

"주군은 너무 노땅 느낌이 들지 않나?"

"아니면……."

"차라리 보스라 불러."

"……보스."

"보스, 하하하하하! 고리타분한 주군보다는 낫습니다."

호진석은 쓴웃음을 슬쩍 지었고, 눈치 없는 호태성이 호탕한 웃음을 터트렸다.

"알겠습니다."

'보스' 라는 단어가 익숙하지 않아서이지 사실 주군보다는 나은 듯싶기도 했다.

호진석이 그런 호태성의 옆구리를 툭 치며 진지하게 입을 열었다.

"그들이 살아온 배경과 환경이 보스를 주군으로 모실 수 없게 만든 모양이군요."

호진석은 고개를 주억거렸다.

"맞아. 그리고 나 역시 누군가의 아래로 들어간 적이 없지. 그들처럼."

호치강은 고개를 끄덕였다.

"한성그룹이면……."

"정보4팀이 있습니다."

호진석이 알려주었다.

"그래, 한성이면 정보4팀이었지. 그럼 우리가 상대할 이들은 정보4팀과 화랑문의 월화랑이겠군요."

"그래."

"아군은 어떻게 됩니까?"

호진석의 물음.

"일단 본인, 그리고 그대들."

박현이 씨익 웃었다.

"나도 있어야."

그리고 서기원.

"그렇다는군."

"전부입니까?"

"아마도 조 박수?"

황당함에 호진석은 고개를 절레절레 저으며 속으로 한숨을 내쉬었다.

"그룹 놈들이야 다 거서 거기고. 결국 화랑문 월화랑이라는 소리잖아. 안 그래도 검계 놈들 콧등을 한번 납작하게 눌러버리고 싶었는데 말이죠."

호태성은 살짝 흥분한 듯 걸걸한 목소리가 살짝 높아졌다.

"시일은 언제입니까?"

호효상.

"아직 답은 오지 않았어. 대충 열흘……."

♩♪~♩♪~♩~♬

때마침 벨소리가 울렸다.

"호랑이도 제 말하면 온다더니."

박현은 전화기를 살짝 흔들어 보인 후 전화를 받았다.

"예."

모두의 시선이 박현의 전화기로 쏠렸다.

"그리하죠."

박현은 입꼬리를 말아올리고는 전화를 끊으며 호효상을 쳐다보았다.

"날짜는 십이일 후. 시간은 밤 10시. 장소는 파주시 운정 한성그룹 아파트 건축 공사장."

"어느 정도면 좋겠습니까?"

"알아서 준비해."

생각이 있는 건지 없는 건지 무신경에 가까운 대답에 호효상은 속으로 한숨을 내쉬었다.

"알겠습니다."

"지면 그대 탓이야. 내 탓이 아니라."

박현이 호효상과 눈을 마주치며 씨익 웃었다.

"우리 꼭 이기자."

호효상은 깊은 한숨이 흘러나오려는 것을 겨우 참아냈다.

* * *

"하하하하하하!"

박현의 집을 벗어나자마자 호태성이 대소를 터트렸다.

"뭐가 그렇게 웃깁니까?"

호진석이 호태성의 웃음에 딴지를 걸었다.

"그럼 안 웃기냐?"

"그러니까 뭐가 그렇게 웃기시냐구요?"

"지면 그대 탓이야. 내 탓이 아니라."

호태성은 눈을 게슴츠레하게 뜨고 목소리를 깔아 박현의 말을 흉내 냈다.

"그리고 이어진 뒷말. 흠흠. 우리 꼭 이기자. 푸하하하하하하!"

말을 마친 호태성은 다시 대소를 터트리며 눈가에 맺힌 눈물을 닦았다.

"하아—"

호진석은 그런 호태성을 이해하지 못하겠다는 고개를 한숨과 함께 고개를 절레절레 저었다.

"형님, 이제 어쩌실 겁니까?"

호진석은 호효상에게로 시선을 돌렸다.

"월화랑이면 서른 명 안팎인가?"

"많아도 마흔 명은 넘어가지 않을 겁니다."

"마흔 명이라."

호효상은 미간을 좁히며 고민에 빠지는 모습이었다.

"그냥 족장님께 도움을 청하면 안 됩니까?"

호태성이 뭘 그렇게 고민하는지 이해가 되지 않는 투로 물었다.

"지금 보스의 뜻이 그게 아닙니다."

호진석.

"응?"

호태성은 고개를 갸웃거렸다.

"형님은 그냥 보스의 말이 재미있었죠."

"……어. 뭐 그렇지. 하하하하."

호태성은 웃음으로 무안함을 때웠다.

"근데 그게 그냥 한 말이 아니라는 겁니다."

"아님?"

"하아—. 효상이 형님께 숙제를 던져준 겁니다. 너의 역량을 시험해 보겠다, 이겁니다."

"그게 거기까지 이어지는 거냐?"

호태성은 머리를 긁으며 어색한 표정을 지었다.

"네."

"근데 더 큰 문제는 단순한 시험이 아니라는 겁니다."

"뭐가 또 있었냐?"

"네."

호진석이 굳어진 표정으로 고개를 끄덕였다.

"자신의 미래가 걸린 중차대한 일에 시험을 내린 거죠."

"흠."

호태성은 턱을 쓰다듬으며 무거운 신음을 흘렸다.

"……이해하셨어요?"

호진석이 웬일이냐는 듯 의아하게 호태성을 보았다.

"그건 모르겠고. 그냥 이기면 되는 거 아냐?"

"에엑?"

호진석은 벙 찐 표정을 지었다.

"그래. 그 말이 맞다. 너무 어렵게 생각할 거 있겠나? 그냥 이길 수 있게 병력을 짜면 되겠지. 진석아."

호효상은 호진석을 불렀다.

"예."

"돌아가는 대로 애들 소집해라."

"알겠습니다."

대화가 끝나고.

"근데 진석아."

호태성이 호진석을 불렀다.

"왜요?"

"근데 너 자연스럽더라."

"뭐가요?"

"보스. 아주 그냥 보스라는 단어가 입에 착착 감기는가 보다."

"하아—."

호진석은 한숨을 끝으로 입을 꾹 닫으며 대화를 차단했
다.

*　　*　　*

구수한 청국장.

뽀얀 김이 모락모락 피어나는 보리밥.

그리고 맛깔스러운 제육볶음에 정갈한 반찬들.

"오메, 맛있어야."

"괜찮네."

식탁에서 박현과 서기원은 마주 앉아 밥을 먹고 있었다.

서기원은 큰 양푼에 고추장을 곁들여 슥슥 비벼 먹었고,
박현은 반찬 하나하나를 음미하며 수저를 들고 있었다.

"뭐 하나 물어보자."

멀찍이 떨어진 곳에 앉아 있는 조완희가 둘을 불렀다.

"뭔데야?"

"어."

둘은 밥을 먹으며 짧게 대답했다.

"왜 여기서 밥을 먹고 있나?"

그렇다.

여기는 조완희의 별채 주방이었다.

조완희는 언제 튈지 모르는 목소리를 애써 꾹꾹 누르며
물었다.

"몰라야. 현이가 여서 먹자고 그랬어야."

조완희의 시선이 서기원에게서 박현에게로 옮겨갔다.

"집에 냄새 풍겨."

박현의 대답에 조완희의 턱이 아래로 뚝 떨어졌다.

"여기는?"

"괜찮아."

"괜찮냐?"

조완희는 주먹을 말아 쥐며 몸을 부르르 떨었다.

"이 쌍눔의 시키들아!"

조완희는 주방 테이블을 잡아 그대로 들어 올려버렸다.

우르르르르—

당연히 그 위에 차려진 음식들이 바닥으로 쏟아져 내렸
다.

"읍읍. 으차!"

"……."

서기원은 비호처럼 의자를 뒤로 튕겨내며 양손과 발등을
이용해 음식들을 받아 무사히 바닥으로 내려놓았다. 박현도 그와 못지않게 음식들이 뒤집어지지 않게 낚아챘다.

"야가, 심보가 고약해야. 어째 갈수록 못나져야."

서기원은 바닥에 다시 상을 차리고는 조완희를 일견하며 혀를 찼다.

"안 꺼져! 안 나가! 여기는 내 집이야! 나가!"

조완희는 다시 몸을 날려 주방 테이블 위를 지나쳐 음식 앞으로 내려섰다. 그리고 발을 다시 들어올리는 그때였다.

"맞다."

박현이 뭔가 생각난 듯 입을 열었다.

"너 이 집 대출 있더라."

조완희는 움찔 발을 멈췄다.

"……그래서?"

그리고 슬그머니 발을 내렸다.

"그 채권."

조완희는 조용히 박현 옆에 앉았다.

"맞다. 너 부자지? 그래서 그 채권 뭐?"

조완희는 언제 길길이 날뛰었냐는 듯 사람 좋은 미소를 지으며 박현을 향해 눈을 깜빡거렸다.

조완희의 기대감이 한껏 올랐을 때.

"내가 샀다."

"뭘?"

"그 채권. 앞으로 나한테 돈 갚아라. 일단 이자는 은행 이자랑 똑같이 해줄게."

박현은 다시 수저를 들며 말을 이었다.

"잘해라. 이자 적게 받고 싶으면."

"으아아아아아!"

분노에 찬 조완희의 고함이 터졌다.

물론 어디까지나 조완희의 상상 속에서.

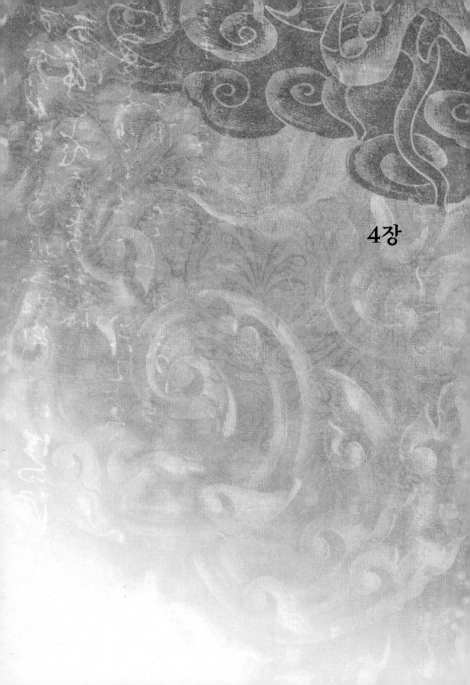

4장

"드시지요."

호족장 호치강은 투박한 찻잔에 녹차를 내어왔다.

박현이 호촌에 들른 것은 다름 아닌 호효상이 싸움에 나서기 전에 호촌 어린 전사들과 인사라도 나누는 것이 어떠냐는 제안을 했기 때문이었다.

"곧 큰 싸움이 있으시다고 들었습니다."

"조용히 한다고 했는데 제법 시끄러웠던 모양입니다."

박현은 담담하게 대답하며 찻잔을 들었다.

"아이들의 치기가 어디 그렇습니까?"

호치강은 눈에 웃음을 그렸다.

"사실 암행단에 들어가지 않는 이상 실질적인 전투를 경험하지 못합니다. 혈기가 한창일 나이에 실전을 눈앞에 두자 좀처럼 들썩일 일이 없는 마을이 함께 들썩거렸습니다."

박현은 고개를 끄덕이며 찻잔을 내려놓았다.

"그 이야기로 저를 보자고 하신 건 아닌 것 같고."

박현은 호치강과 눈을 마주했다.

그 눈에 호치강도 자세를 바로 잡고 앉았다.

"아이들에게 보스라고 부르시라고 하셨다 들었습니다."

"그렇습니다."

"그건 아닙니다. 왕은 왕이여야 합니다."

"⋯⋯."

"그리고 자리를 찾아 앉으셔야지요."

"⋯⋯."

박현은 호치강의 눈을 빤히 쳐다보았다.

"설마 호랑이들의 왕이 되지 않으시려는 건 아니시겠지요?"

"사실 그 부분에 대해 고민이 많습니다."

박현은 부담스러울 정도로 호치강에게서 눈을 떼지 않았다.

"어린 녀석들이야 마음을 나눠 가면 상관이 없겠지만, 족장을 따르는 전사들은 어찌 생각할까요?"

"……."

"그다지 탐탁지 않게 생각할 겁니다."

"그런 일은 없습니다."

"그렇게 생각하시는 건가요, 아니면 그렇게 생각하고 싶으신 겁니까?"

박현의 물음에 호치강은 쉽사리 입을 떼지 못했다.

"있을 겁니다. 외부에 표출되지 않을 뿐, 본인을 벨지도 모르는 검을 쥐고 싶지는 않습니다."

"하지만……."

반박을 하려는 호치강의 말에 박현의 눈매가 가늘어졌다.

"호 족장님."

"말씀하십시오."

"뭔가 착각을 하고 계신 듯합니다."

"네?"

호치강은 눈을 동그랗게 뜨면 반문했다.

"제가 왕이 되겠다고 말한 적은 한 번도 없습니다. 왕이 되어야 한다고 말한 것은 호족들이었습니다."

박현은 차를 한 모금 마셨다.

탁!

그리고 찻잔을 소리 내어 탁자에 내려놓았다.

"잘 생각해 보십시오. 그럼 저는 이만 일어나지요."

박현은 자리에서 일어났다.

"그리고 다음에는 함께하시죠."

그리고는 벽을 향해 말했다.

"이런. 허허허."

파티션처럼 나뉜 쪽방에서 장로 호철호가 무안한 웃음을 지으며 모습을 드러냈다.

"특별한 의도가 있어서는 아니었습니다."

호철호는 박현에게 허리를 깊게 숙이며 사과했다.

"두 분께서 하실 이야기가 많을 듯싶군요. 담소들 나누시지요."

박현은 다시금 인사를 하고 밖으로 나갔다.

호철호는 눈으로 박현을 배웅하고 난 후 호치강 앞에 앉았다.

"낄낄낄낄."

호철호는 차 주전자를 들어 빈 잔을 채우며 호치강을 향해 묘한 웃음을 터트렸다.

"왜 왕께서 네게 그런 말을 하셨는지 알겠느냐?"

호치강은 굳은 얼굴로 애꿎은 빈 찻잔만 손안에서 빙빙 돌렸다.

"네놈이다. 족장, 네놈이야."

"그게 무슨 뜻인지요?"

"네가 그를 왕으로 모시지 않는데 누가 그를 왕으로 모시려고 할까? 고작 이 늙은이들만 보고 잘도 왕으로 오르시겠다."

"……하지만."

"뭐가 하지만이야. 내가 너를 모를까? 또 내가 족장의 고민을 모를까? 하지만 족장은 우리 일족의 가장일세. 깊이 숙고하고 또 숙고하시게."

호철호는 굳은 표정으로 고민에 잠기는 호치강을 두고 조용히 자리에서 일어났다.

*   *   *

마흔 명이 살짝 안 되는 청년들이 한 명을 주시하고 있었다. 그 시선들에 위축이 될 법도 하건만 박현은 편안한 얼굴로 그들 하나하나를 천천히 훑어보았다.

"어려 보이는 이들도 보이는데."

박현은 눈가를 슬쩍 좁히며 말했다.

"안 어립니다!"

그 소리를 들은 소년티를 갓 벗은 한 청년이 몇 걸음 걸어나오며 소리쳤다.

"한 명의 전사로 대우해 주십시오."

비슷한 또래로 보이는 청년이 나섰다.

"우리도 한 명의 전사입니다."

"맞습니다!"

그렇게 우르르 몰려나온 이들이 여섯 명.

"본인은 그대들을 전사가 아니라고 말한 적 없는데."

"……."

"……."

"……."

박현은 호효상을 바라보았다.

"나는 소족장에게 나와 함께 싸울 전사를 부탁했고, 이 자리에 있는 걸 보면 소족장이 그대들을 한 명의 전사로 인정했다는 뜻이겠지."

그러자 그들의 시선이 호효상에게로 쏠렸다.

"외부의 시선으로 본다면 확실히 어리지요. 하지만 일족에서는 이미 성인식을 치루고 한 명의 전사로 불립니다."

"그건 어디까지나 법규일 뿐일 테고."

박현은 왜 저들이 발끈하는지 알았다.

사회에서 고등학교를 졸업하면 성인이 된다. 하지만 어디까지나 법에 의한 것이지 여전히 사회는 그들을 아이 취급한다. 아마도 그와 비슷한 것일 것이다.

호효상은 쓴웃음을 지었다.

그 말이 맞다는 의미.

지금 대화에 눈치를 살피고 있는 것을 보면 떼를 써 이 자리에 온 모양이었다.

그 모습이 귀여워 실웃음이 슬쩍 흘러나왔다.

"너희들은 전사다. 내가 보기에도 그래."

박현의 말에 여섯 어린 청년들은 귀에 입이 걸릴 정도로 기뻐했다.

"하지만."

박현은 그들의 웃음을 금세 지워버렸다.

"너희들도 한 명의 전사로서 부족하다는 것을 알고 있겠지?"

"저희도……."

"처음부터……."

"이건 불공평……."

바로 불만이 튀어나왔다.

"조용! 아직 본인의 말이 끝나지 않았다."

박현은 사람 좋은 미소를 지우고 강하게 호통쳤다.

"부족한 것은 부족한 것이야. 어느 누구도 태어나자마자 걷고 달리는 이는 없다. 너희는 달리는 것이 아니라 걷는 것을 목표로 삼아야 해."

박현은 잠시 말을 멈추고 그 여섯을 쳐다보았다.

"내가 왜 구구절절 이런 말을 하는지 알겠나?"

"모릅니다."

"……."

"……."

"모르겠습니다."

"……."

몇몇은 겨우 입을 열었고, 몇몇은 불만에 찬 얼굴로 입을 닫았다.

"본인은 너희들의 보스다."

박현은 확고한 목소리로 말했다.

"너희가 본인을 어떻게 생각하든 나는 너희들의 보스다. 너희들은 나를 따를 의무가 있듯이 나는 너희들을 보호해야 할 의무가 있다."

박현은 고개를 들었다.

"무력에 자신 있다 여기는 이 여섯 명 나와."

박현의 말에 몇몇 이들이 앞으로 나왔다. 맞춘 것처럼 그 수도 마침 여섯 명이었다.

"너희들은 이 어린 전사들을 어엿한 전사로 키워라. 그리고 너희들도 저들을 발판 삼아 어엿한 전사로 커라."

박현의 말에 장정 여섯 명과 앳됨을 벗어나지 못한 청년 여섯 명의 눈이 얽혔다.

"그럼 이번 전쟁에는 참가하지 못하는 겁니까?"

그 중 머리가 가장 굵은 앳된 청년이 물었다.

"누가 너희들을 안 데리고 간다고 했나?"

"그럼?"

"설마 선봉에 서겠다고 떼를 쓰지는 않겠지?"

박현은 앳된 청년들을 내려다보며 눈을 부라렸다.

"어서 대답하지 못해?"

호태성이 걸걸한 목소리로 호통쳤다.

박현은 피식 웃음을 삼키며 어엿한 전사 여섯을 쳐다보았다.

"그대들이 당분간 보모 노릇을 해 줘야겠어."

"보모가 뭡니까? 보모가. 이왕이면 스승이라고 해 주십시오, 보스."

꼭 산적처럼 생긴 이가 소리쳤다.

"스승이라."

박현은 방그레 웃음을 지었다.

"일종의 도제 교육이 되는 건가? 뭐 그건 그대들이 알아서 해."

"이놈들아. 이제부터 스승이라 불러라. 그리고 너희들도 잘 가리키고."

호태성이 다시 나섰다.

"알았습니다, 형님."

"염려 놓으십시오."

"너, 이 새끼. 뭐? 산적형? 멧돼지는 잡으셨어요? 너는 이제 죽었으. 으흐흐흐흐."

"아악! 악! 귀, 귀 아파요. 산적형."

"스승이다, 이 시키야."

잠시 소란이 있었지만 그 소란은 오래 가지 못했다.

"보스의 명이다. 이제껏 사적인 관계는 머리에서 잊고 스승을 모셔라."

호효상이 깔끔하게 뒷마무리를 했다.

"어차피 이렇게 얼굴들은 봤으면 됐고."

박현은 그들을 다시 보며 입을 열었다.

"한 마디만 하지."

박현의 말에 시끌벅적한 소란이 자자들었다.

"이 싸움에서 이겨서 어깨에 힘주고 살래, 아니면 져서 평생 꼬리 말고 살래. 아! 들어서 알고 있겠지? 이기든 지든 한 식구니까 평생 봐야 할 거다."

박현은 몸을 돌렸다가 다시 그들을 봤다.

"지면 너희들의 보스인 내가 그들에게 고개를 숙여야 하고, 그러면 너희들은……, 더 말 안 해도 알지? 그러니 이기자. 응?"

박현은 웃음을 씩 지으며 호효상의 집무실로 들어갔다.

"이건 뭐 대놓고 협박이네요."

호진석은 벙 찐 얼굴들로 박현이 있던 자리를 쳐다보고 있는 이들을 쳐다보며 고개를 절레절레 저었다.

"나를 봐서 알겠지만 저래 보여도 심적 압박이 장난 아니다."

"하긴 저라도 평생 화랑문에 꼬리를 내리고 살아가야 한다면……, 으으으으. 생각만 해도 오금이 저리네요."

"태성아."

호효상은 피식 웃으며 호태성을 불렀다.

"예, 형님."

"네가 애들 잘 다독여라. 벌써부터 불이 붙으면 어쩌자고."

호효상은 피부가 따끔거릴 정도로 부딪혀 오는 투기에 호진석처럼 고개를 저었다.

"그거야 제 전문 아니겠습니까?"

호태성은 몸을 돌려 그들에게로 훌쩍 뛰어내렸다.

"이놈들아. 벌써부터 불붙이면 어떻게 하냐? 정작 싸울 때 재만 남는다. 술이나 먹자!"

"우어어어어!"

"형님이 쏘시는 겁니까?"

"그래! 내가 쏜다. 가자!"

호태성은 익숙하고 자연스럽게 그들을 이끌고 우르르 사라졌다.

"여튼 만만한 보스는 아닙니다."

호진석은 호태성의 뒷모습에서 호효상으로 시선을 옮겼다.

"이미 기호지세야. 단단히 잡고 버텨봐야지."

호효상은 호진석의 어깨를 툭 치며 이미 박현이 들어간 자신의 집무실로 발을 옮겼다.

*　　*　　*

"흐흐흐흐흐흐."

기기(奇奇)한 웃음.

"히히히히히히."

묘묘(妙妙)한 웃음이 번갈아 도깨비 서기원의 입에서 흘러나왔다.

마치 실성한 놈이 웃는 그런 웃음에 나란히 걷던 무당박수 조완희가 서서히 거리를 벌리기까지 했다.

"음트트트트트트."

요상한 웃음이 더욱 기괴하게 바뀌었다.

"결국 미쳤구나. 내 저럴 줄 알았어."

조완희는 서기원을 무슨 벌레 보듯 쳐다보며 혹여나 달라붙을까 박현에게 바싹 다가섰다.

"뭐가 어때? 지가 좋아서 저런다는데."

박현은 그리 말하면서도 은근슬쩍 서기원과 거리를 두었다.

"그런데 원래 도깨비가 전쟁을 좋아하나?"

박현이 속삭이듯 물었다.

"전쟁은 싫어하지."

"그런데 왜 저렇게 좋아하지?"

"씨름을 좋아하지. 힘겨루기."

"그건 어디서 보고 들은 것 같군."

"어차피 이번 싸움은 누굴 죽이자고 하는 게 아니니, 저 녀석에게는 더할 나위 없이 큰 잔치판처럼 느껴지는 거겠지."

조완희의 말에 박현은 서기원을 일견했다.

"음툿툿툿툿툿툿!"

"그래도 저 웃음은……."

둘은 마치 행군을 하듯 발을 맞추며 거리를 더욱 벌렸다.

*   *   *

"한성그룹과 수차례 회동을 가진단 말이지."

"그렇습니다, 소주."

열화랑 김열은 최선익의 보고에 콧잔등을 찡그렸다.

"단순한 회동이 아닙니다."

김열의 눈매가 가늘어졌다.

"그럼?"

"정확한 이유는 알아낼 수 없었지만 월화랑과 정보4팀이 은밀히 손발을 맞추고 있다는 정보입니다."

"뭐?"

김열은 소리를 버럭 지르며 자리에서 벌떡 일어났다. 이내 그의 얼굴은 벌겋게 달아올랐다.

"지금 뭐라고 했어?"

"월화랑과 정보4팀이 손발을 맞추고 있다고……."

퍽— 콰장창창창!

김열은 결국 화를 참지 못하고 경상을 발로 걷어차 부숴 버렸다.

"이 새끼."

김열은 눈에는 살기가 번들거렸다.

"감히, 감히……."

김열은 몸을 부들부들 떨었다.

"김월, 그 새끼 지금 어디 있나?"

"파주에 있는 걸로 파악되고 있습니다."

"파주?"

"한성그룹 아파트 단지 공사장입니다. 며칠 전 대대적 유급휴가로 신문기사에 실렸던 ……."

"대규모 손실까지 감안한 것으로 보아 대규모 훈련일 듯합니다."

"손실까지 각오하고 공사장을 비워 훈련을 한다?"

김열은 피가 어느 정도 식자 자리에 앉았다.

"패화랑의 생각은 어떠십니까? 이 정도면 작당하고 반역을 꾸미는 듯한데."

"흠."

패화랑은 선뜻 대답하지 않았다.

"이 김 모가 어떻게 하면 좋겠습니까?"

몰라서 묻는 게 아니다.

몸이 움찔움찔하는 것을 보면 당장이라도 자리에서 일어나 김월을 죽이고 싶어 했다.

"좋습니다. 내 솔직히 말씀을 드리지요."

김열은 졌다는 듯 다시 말을 꺼냈다.

"한 손 거들어주시지요."

패화랑은 김열과 눈을 마주했다.

이제 진짜 피가 튀고 목숨이 끊기는 골육상잔이 일어난다.

탐탁지 않다. 하지만 이것 또한 풍월주의 뜻.

한숨이 절로 흘러나왔으나 패화랑은 목구멍 깊이 집어삼켰다.

　　"도와. 그놈 혼자 힘으로는 어림도 없어."

"그리하지요."
패화랑의 승낙에 김열의 얼굴이 환해졌다.
"내 이 은혜를 잊지 않을 겁니다."
"별말씀을……."
"아닙니다, 아니에요. 내 풍월주가 되면……."
그 뒤로 김열이 한참을 떠들었지만 패화랑의 귀에는 들려오지 않았다.
"대낭두."
"예, 소주."
대낭두 최선익도 패화랑의 말에 화색을 숨기지 못하며 더욱 자신에 찬 목소리로 대답했다.
"한 시간 안으로 낭두들을 모두 집결시켜."
"명!"
최선익은 우렁찬 목소리로 복명하며 자리에서 일어났다.
"부탁드립니다, 패화랑."
김열은 다시금 패화랑 최영도에게 부탁했다.

　　　　　*　　　*　　　*

　초록 하나 보이지 않는 누런 속살이 파헤쳐진 거대한 허허벌판. 초록을 대신하고 있는 것은 잿빛 콘크리트 건물들이었다.

　이곳은 인적이라는 찾아볼 수 없는 파주시 아파트 대단지가 들어설 공사장 내부였다.

　한성그룹은 건설업에서는 드물게 사기 진작 차원에서 본사는 물론 하청업체 전 직원에게 이틀의 유상 휴가를 주었다.

　단순히 기업 이익으로 본다면 엄청난 손실을 가져다주는 일이었다.

　그만큼 한성그룹이, 아니 한성그룹 오너 가문이 박현과의 싸움을 얼마나 중시하는지 짐작하게 할 수 있는 일이기도 하였다.

　겉 사정과 속사정이 어떻든 공사장을 완벽하게 비운 공터에 오십 명이 넘는 사내들이 집결해 있었다.

　월화랑 김월과 한석민 전무, 신비선녀와 화랑문 월화랑 낭도들과 한성그룹 정보4팀원들이었다.

　한석민은 시계를 내려다보았다.

　시계 분침은 55분을 막 넘어 정각으로 향하고 있었다.

"저기 오는군요."

김월의 말에 한석민이 앞쪽을 쳐다보았다. 어두컴컴한 밤하늘 아래 보이는 것은 없었다. 한석민은 미약한 내력을 돌려 눈에 집중했다.

그러자 흐릿한 형체가 어렴풋이 눈에 잡혔다.

좀 더 집중하자 흐릿한 형체가 셋으로 보였다.

"셋?"

한석민은 놀람에 저도 모르게 속마음을 입 밖으로 내뱉었다.

"형님. 제가 본 게 맞습니까?"

한석민은 세 형체의 뒤를 살폈지만 더 이상 보이는 게 없었다.

"맞아. 셋."

"셋이라. 이걸 어떻게 받아들여야 할까요?"

"이건 나도 당황스럽군."

김월은 뒷짐을 풀었다.

"일단 만나보면 알겠지. 어차피 우리가 더 할 것도 없지 않은가? 부딪혀 보면 알겠지."

김월의 말에 한석민도 고개를 끄덕였다.

맞는 말이다.

자신들은 최선을 다해 준비했고, 남은 것은 부딪혀 이기는 것뿐이었다. 하지만 뭔가 저 밑바닥에서부터 스물스물 기어오르는 불안감이 그의 마음을 불편하게 만들었다.

1분의 시간이 지나지 않아 박현과 조완희, 서기원은 그들 앞에 섰다.

"죄송합니다, 어머니."

조완희는 신비선녀에게 허리를 깊게 숙여 사과했다.

"괜찮다."

신비선녀는 담담하게 그의 사과를 받아들였다.

"정말 네가 내 품을 벗어났다는 게 느껴지는구나. 나도 최선을 다할 테니, 너도 최선을 다하거라."

말을 덧붙이는 신비선녀의 얼굴에는 짧지만 대견함이 피어났다가 사라졌다.

연장자인 신비선녀의 대화가 끝나자 박현이 한석민과 김월을 쳐다보았다.

"이렇게 보니 좋습니다."

박현이 씩 웃음을 드러냈다.

"좋다라."

김월의 표정이 묘하게 바뀌었다.

"좋지 않습니까? 영 마무리가 개운하지 않아 찜찜했었는데 말입니다."

박현의 웃음은 서서히 진해졌다.

"그리고 이 자리에서 보여줄 겁니다."

"뭘를?"

"진정한 주인이 누구인지를."

김월과 한석민의 표정인 동시에 바뀌었다.

"고작 셋이서?"

김월이 눈가를 파르르 떨며 목소리를 잘근 씹었다.

"누가 셋이라고 했습니까?"

"……!"

김월의 얼굴이 눈에 띄게 굳어졌다.

짝!

박현이 박수를 크게 쳤다.

"크허어어엉!"

"크르르르!"

"크허어어어엉!"

사방에서 호랑이 울음이 터져 나왔다. 그리고 골격만 남은 건물과 빈 공터에서 수십의 푸른 안광들이 눈을 떴다.

한석민은 놀라 빠르게 주변을 둘러보았고, 김월은 미간을 찌푸리며 기감을 펼쳐 주변을 살폈다.

"호족."

김월은 조용히 중얼거렸다.

"그들의 왕이 된 건가?"

김월은 박현을 지그시 바라보며 물었다.

"그게 중요합니까?"

"그렇지. 그게 중요한 것이 아니지."

사박— 사박— 사박—

미약하지만 다수의 발자국 소리가 그들을 느리게 포위하기 시작했기 때문이었다.

"처남은 이제 빠지게."

김월의 말에 한석민이 무거운 표정으로 고개를 끄덕이며 뒤로 물러났다.

"이제 우리 할 일을 하자구나."

신비선녀가 나섰다.

신비선녀는 조완희와 함께 부적을 이용해 거대한 결계를 만들어냈다.

아무리 인적 없는 공터라고 해도 인간의 상식을 벗어난 거대한 충돌이었다. 더욱이 인간의 상식에 맞다 하여도 근 백 명의 사람들이 충돌한다면 그것 역시 사회적 큰 문제로 비화될 수 있음이었다.

후우우웅—

부적들이 만들어 낸 희미한 빛이 반구의 형태로 거대한 땅을 뒤덮었다. 결계로 인해 안과 밖이 분리되자 마치 물속에 잠긴 것처럼 사위에 침묵이 내려앉았다.

그 침묵을 가장 먼저 깬 이는 다름 아닌 박현이었다.

"크하아아아앙!"

박현은 진체를 드러내며 마음껏 포효를 터트렸다.

"한바탕 놀아봐야. 히히."

이어 서기원은 도깨비 주머니에서 쇠도리깨를 빼들어 덩실덩실 춤을 추며 기세를 끌어올렸고,

"으하하하하하하!"

조완희는 강신을 통해 관성제군을 강림시켰다.

박현의 울음이 기폭제가 된 것일까.

"크허어어엉!"

"크르르, 크허엉!"

"크허어엉!"

호족들도 일제히 울음을 터트리며 분위기를 고조시켰다.

"월화랑 원진(圓進). 4팀은 내진(內進)."

여러 경우의 수를 두고 손을 맞춘 월화랑과 정보4팀이었다.

어느 정도 손발을 맞춰본 까닭인지 월화랑이 둥근 원을 만들고, 정보4팀은 그 내부에 자리를 잡았다.

『가자!』

박현과 눈빛을 교환한 호효상이 명령을 내리자 호족 청년 전사들이 일제히 울음을 터트리며 빠르게 원진을 향해

달렸다.

　박현도 고개를 돌려 몸에서 긴장을 덜어내며 원진으로
향했다.

　후아아악—

　그런 박현의 앞을 가로막은 것은 다른 아닌 한 장의 부적
이었다. 시퍼런 불을 담은 부적이 박현의 다리를 휘감았다.
그러자 마치 다리에 무게추라도 단 것처럼 무거워졌다.

　박현은 고개를 돌려 원진 안에서 정보4팀의 철저한 보호
아래 서 있는 신비선녀를 쳐다보았다. 그녀의 몸은 땅에서
30cm가량 떠 있었고, 그런 그녀의 주위로 수십 장의 부적
들이 부유하고 있었다.

　"크하앙!"

　박현은 크게 울음을 터트리며 신력을 이용해 무거워진
다리를 들어 바닥에 내려찍었다.

　차장창!

　마치 유리가 깨어지는 것과 비슷한 소리가 박현의 다리
에서 터졌다. 부적의 힘이 부서지자 박현은 원진 안으로 다
시 몸을 띄웠다.

　후아아악—

　이번에는 두 장의 부적이 박현을 향해 쏘아져 왔다.

　"으하앗!"

그런 부적을 가로막은 이가 있었으니, 바로 조완희였다.

펑— 퍼벙!

조완희는 언월도를 휘둘러 두 장의 부적을 깨끗하게 베어버렸다.

땅에 내려선 조완희는 언월도를 바닥에 내려찍으며 허공으로 부적 다발을 흩뿌렸다.

스스스슷— 쑤아아아아아!

수십 장의 부적들은 붉은 불꽃을 담으며 원진 곳곳으로 쏘아져갔다.

"어림없다!"

신비선녀의 걸걸한 일갈이 터지며 그녀의 몸 주위에서 떠다니던 부적들이 조완희의 부적에 대항해 사방으로 흩뿌려졌다.

퍼버벙— 퍼벙— 퍼버버벙!

마치 불꽃놀이처럼 머리 위에서 형형색색의 빛들이 터졌다.

"신나부려야!"

박현이 다시 걸음을 떼려는 그때였다.

서기원이 진짜 신난 얼굴로 쇠도리깨를 허공으로 붕붕 돌리며 박현을 지나쳐 달려갔다.

박현은 천진난만한 서기원의 모습에 짧게 피식 웃음을 삼키고는 다시 기세를 터트리며 허공으로 몸을 날렸다.

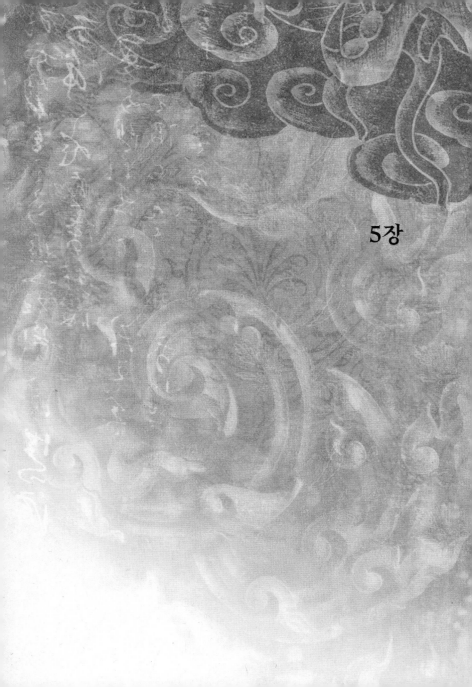

5장

"크르르르."

『헉헉헉.』

피투성이가 된 호효상은 거친 숨을 몰아쉬며 가장 거친 싸움터를 쳐다보았다.

그곳에는 한 머리 백호가 미쳤다고 말할 수밖에 없을 정도로 무지막지하게 몰아치고 있었다.

"나는 병사들을 지휘할 줄 몰라."

"⋯⋯예?"

박현은 더 이상은 입이 쩍 벌어지지 않으리라는

그의 생각을 완벽하게 배신했다.

"말 그대로야. 쉽게 말해 싸움터에서 나는 독불장군이지, 누군가를 이끌며 싸우지 않아. 또 누구를 이끌며 싸울 생각도 없고."

"그럼……."

"말했잖아. 네가 잘 이끌어."

"그럼 보스는……."

조용히 둘의 대화를 듣고 있던 호진석이 답답함에 끼어들었다.

"나? 언제나 적의 우두머리는 내 몫이지."

"……."

"……."

"뭘 그렇게 봐. 확실하게 처리해 줄게."

호효상과 호진석은 뭐라 말도 못하고 서로 얼굴을 바라보며 힘겹게 표정 관리를 해야 했다.

호촌을 방문한 날 박현이 자신과 호진석을 불러놓고 태연하게 말한 것이 떠올랐다.

그때는 그 얼마나 황당하고 당황스러웠는지.

'그래도 한 가지는 확실하군.'

박현은 확실한 정복자였다.

모든 것을 수하들에게 맡기고 자유롭게 전장을 누비는 그런 정복자.

'참으로 다양한 모습을 보여주는군.'

호효상은 박현, 백호에게서 눈을 떼고 주변을 지휘해 나갔다.

*　　　*　　　*

"크르르르르르."

박현, 백호는 달려드는 부나방 같은 존재들과 그를 막아서는 김월을 우악스럽게 쳐내며 정보4팀장 노병찬 앞에 우뚝 섰다.

『나 기억하지?』

박현은 정보4팀장 노병찬을 향해 히죽 웃음을 지었다. 그 웃음 사이로 날카로운 이빨이 번뜩였다.

"아오."

노병찬 팀장은 박현을 향해 검을 겨눴다.

『그날 밤, 기억이 떠올랐거든.』

박현의 말에 노병찬 팀장은 잠시 흠칫하는가 싶더니 더욱 강하게 검을 움켜잡았다.

"다행이오. 나도 좀 더 편안한 마음으로 검을 잡을 수 있게 해줘서."

노병찬 팀장은 결연에 찬 눈빛으로 박현을 쳐다보았다.

"크르르르르."

박현의 눈매에서 진한 살심이 피어올랐다.

『그다지 마음에 들지 않는 대답인데.』

"원래 사람의 마음이라는 게 참으로 이기적이지 않소."

노병찬 팀장의 목소리는 담담했지만 한편으로는 차가웠다.

『맞는 말이야. 그래서 내 한 마디만 더 해도 될까?』

노병찬 팀장이 고개를 끄덕였다.

『언제나 눈먼 칼은 있는 법이지.』

박현의 눈빛에서 살기가 번졌다.

"크하아아아앙!"

박현은 울음을 터트리며 노병찬 팀장을 향해 몸을 날렸다.

"이익!"

설마 진짜 살기를 머금고, 아니 이렇게 노골적으로 자신의 목을 노릴 줄 몰랐던 노병찬 팀장은 다급히 뒤로 물러났다.

후아아악—

박현은 다시금 크게 걸음을 내지르며 그의 머리로 발톱

을 세운 오른손을 휘둘렀다.

"갈!"

둘 사이에서 심상찮은 살기를 느낀 김월이 재빨리 달려와 박현의 후미를 점하며 검을 찔러 들어갔다.

『물러.』

박현은 김월의 공격에 피하지 않고 몸을 슬쩍 틀어 피해를 최소화만 시켰다.

서걱!

김월의 검은 박현의 옆구리를 베고 지나갔다.

퍼억—

동시에 박현은 노병찬 팀장의 머리를 후려쳤다.

"크악!"

노병찬 팀장은 얼굴에 피를 뿌리며 2~3m를 날아가 바닥에 처박혔다.

박현은 몸을 웅크려 앞발을 사용해 한순간 노병찬 팀장을 덮쳐갔다.

"이, 이!"

상식을 벗어난 박현의 움직임에 순간 김월은 당황하여 손을 놓고 말았다.

"크하아앙!"

노병찬 팀장은 박현의 공격에 몸을 굴려 겨우 피하며 견

제의 목적으로 그를 향해 검을 휘둘렀다.

서걱!

하지만 박현은 그 검을 피하지 않고 그의 품으로 파고들었다.

"……!"

박현의 가슴에서 튄 피가 잠시 그의 시야를 가렸다.

핏물이 지나가고 그 자리를 채운 것은 박현의 거대한 오른손이었다.

콰앙!

노병찬 팀장은 박현의 공격에 머리가 바닥에 내려꽂히는 것으로도 모자라 몸이 하늘로 한 차례 뛰어올랐다가 바닥으로 떨어져 내렸다.

정신을 잃은 듯 노병찬 팀장의 몸은 축 늘어졌다.

"박현!"

김월은 분노와 다급함을 동시에 터트리며 박현의 등을 향해 달려들었다.

박현은 그 공격에 몸을 틀어 발톱으로 검을 마주했다.

캉—

검과 발톱 사이에 불꽃이 튀었다.

"너 이 새끼, 지금 뭐하는 짓이야!"

김월의 얼굴에는 분노가 고스란히 표출되고 있었다.

『훗!』

박현은 당연히 그 모습에 조소를 날렸다.

"내 너의 정신머리를 똑똑히 고쳐주마, 흐압!"

김월은 몸을 틀며 빠르게 박현에게로 검을 찔러들어 갔다.

"크르르!"

박현은 그 검을 피해 뒤로 몸을 훌쩍 날렸다.

그런데 그 높이가 싸움에 어울리지 않게 높았다.

"안 돼!"

김월은 손을 뻗으며 소리쳤다.

퍼석!

박현은 힘차게 발을 뻗어 바닥에 내려앉았다. 그리고 그의 발아래에는 노병찬 팀장의 머리가 부서져 있었다.

『웁스.』

박현은 자신의 뜻이 아니라는 듯 과장되게 놀란 표정을 지어 보였다.

"빠드득."

김월은 검을 억세게 말아 쥐며 이를 갈았다.

"어떻게 그럴 수가 있지?"

김월은 박현의 잔인함에 치를 떨었다.

『물러..』

"뭐라?"

『무르다 했다.』

"……."

『누구 하나 한 명 안 죽고 끝날 싸움이라 생각했나? 목숨을 걸지 않아서 편히 생각했나?』

박현은 낮게 울며 그에게로 걸어갔다.

"굳이 죽일 필요도 없지 않나!"

『맞아.』

"그런데 왜 죽였지?"

『나를 죽이려 했었으니까.』

박현의 살기가 더욱 짙어졌다.

"네놈을……."

"크하아아앙!"

『물러!』

박현은 단숨에 김월을 향해 몸을 날렸다.

*　　　*　　　*

"뭐야 이거?"

열화랑 김열은 피가 낭자한 싸움터를 바라보며 황당한 표정을 지었다.

기습으로 단번에 승기를 잡으려 했지만 상상과는 다른 장면에 김열은 대낭두 최선익과 패화랑 최영도와 함께 다시 몸을 숨겼다.

　"이게 어찌된 것이지?"

　"저도 잘……."

　황당한 것은 비단 김열뿐만이 아니었다.

　대낭두 최선익도, 패화랑 최영도도 매한가지였다.

　"호족이라."

　패화랑 최영도는 피를 뒤집어쓴 호족 진체를 보며 미간에 주름을 깊게 만들었다.

　"아무래도 소주 때문이 아니었던 모양입니다."

　"흠."

　대낭두 최선익의 말에 열화랑 김열은 이마를 찌푸렸다.

　"어떻게 하시겠습니까?"

　대낭두 최선익은 조용히 그에게 의중을 물었다.

　"뭘?"

　"상황이야 어찌되었든 달리 생각하면 좋은 기회가 아니겠습니까?"

　최선익의 말에 김열이 싸움터로 눈을 돌렸다.

　죽은 이는 그다지 보이지 않지만 성한 몸으로 서 있는 이들이 별로 없을 만큼 얌전한 힘겨루기만은 아니었다.

반수 이상은 땅에 쓰러져 있었고, 몸을 디디고 서 있는 이들의 상태도 그다지 좋지 않았다. 서 있는 이들 중 절반 이상은 금방 쓰러져도 이상하지 않아 보일 정도였다.

　"저들의 상태라면……."

　김열은 그 광경에 비릿한 웃음을 지었다.

　"어떻게 생각하십니까?"

　김열은 패화랑 최영도에게 물었다.

　"신중하게 생각하셔야 합니다. 호족과 전쟁이 발발할 수도 있습니다."

　"……."

　"더불어 백호의 존재가 있습니다."

　"백호?"

　김열은 눈을 동그랗게 뜨며 다시 싸움터를 쳐다보았다.

　"중앙에 피를 뒤집어 쓴 호족, 분명 백호가 분명합니다."

　패화랑 최영도의 말에 김열은 내력으로 안력을 높였다.

　"허어―. 백호라니."

　언뜻언뜻 보이는 하얀 털에 김열은 감탄사를 터트렸다.

　"들어보지 못했는데."

　"저 역시 한 번도 듣지 못했습니다."

　김열의 시선에 최선익은 대답했고, 최영도는 고개를 끄

덕임으로 대답을 대신했다.

"흠."

호족의 존재가 걸렸는지 김열은 입술을 질근질근 깨물며
고민하는 모습이었다.

"친다."

허나 김열은 눈앞의 욕망을 이겨내지 못했다.

"다시 한번 생각해 보실 수는 없겠습니까?"

패화랑 최영도.

"아무리 생각해도 제 생각의 변함은 없습니다."

패화랑 최영도는 애써 한숨을 삼켰다.

"잡으려면 확실하게 잡아야 합니다."

말릴 수 없다면 최선을 다해 그의 뜻을 이뤄야 했다.

"대(對)반신 무구는?"

김열은 고개를 끄덕이며 최선익에게 물었다.

"다들 조별로 한 세트씩은 가지고 다닙니다."

"그럼 아홉 세트인가?"

"그렇습니다."

"아홉 세트라."

김열은 눈살을 찌푸렸다.

"천급 중에 천급인 백호입니다. 적어도 열 세트는 백호
에게 집중시켜야 할 겁니다."

"흠."

"호족과 백호는 패화랑이 맡겠습니다."

김열은 잠시 고민하는가 싶더니.

"아홉 세트 모두 패화랑에게 넘겨."

"아홉 세트 모두 말입니까?"

"그래. 우리는 철저하게 월화랑에게 집중한다."

김열은 최선익에게 그리 명하고 패화랑을 쳐다보았다.

"영민한 판단이십니다."

패화랑은 씁쓸함을 감췄다.

*　　　*　　　*

콰아앙!

묵직한 파음이 김월의 가슴에서 터졌다.

"크아악!"

김월은 짧은 비명과 피를 뿌리며 뒤로 나가 떨어졌다.

"컥! 쿨럭, 쿨럭!"

김월은 빠르게 몸을 수습하며 자리에서 일어나려 했지만 피를 토하며 바닥으로 무릎을 꺾었다.

"크르르, 크륵, 크르르르르."

그를 내려다보는 박현, 백호의 모습도 그다지 좋지 않았다. 박현 역시 몸을 가늘게 떨고 있었다.

하지만 끝을 봐야 한다.

확실하게.

퍼억—

박현은 쥐어짜듯 신력을 끌어올려 김월의 머리를 후려쳤
다.

"크윽, 허억—, 허억—."

김월은 힘없이 바닥에 나뒹굴었고, 그대로 누운 채 거친
숨을 몰아쉬며 박현을 올려다보았다.

『끝났다.』

"아직 끝나지⋯⋯. 컥!"

박현은 김월의 마지막 반항에 그의 가슴을 지그시 밟았
다.

『끝났어.』

박현은 뾰족한 송곳니를 드러내며 웃음을 드러냈다.

그는 고개를 돌려 주변을 바라보았다.

이 싸움을 지켜보고 있는 이들 모두 정상이 아니었다. 피
투성이에 만신창이가 되어 겨우겨우 서 있을 뿐이었다. 물
론 그렇다고 하여도 호족들의 얼굴이 좀 더 밝다는 차이가
있었지만 말이다.

박현은 그들과 눈을 마주친 후.

"크하아아아앙!"

하늘을 향해 고개를 들고 양 팔을 뻗으며 승리를 자축하는 포효를 터트렸다.

"크허어엉!"

"크하앙!"

"크허어어엉!"

마치 늑대들이 우두머리를 따라 울음을 터트리는 것처럼 호족의 어린 전사들은 박현을 따라 울음을 터트렸다.

그 울음에 김월은 입술을 깨무는가 싶더니 이내 쓴웃음을 삼켜야 했다.

사박— 사박— 사박—

박현, 백호의 귀가 미세한 파음에 팔랑거렸다.

『조용!』

그 소리에 호랑이들의 울음이 거짓말처럼 멈췄다.

이곳은 허허벌판 공사판이니 수풀들이 바람에 비벼져 소리를 낼 일은 없다.

『……!』

낯선 기척이 확연하게 느껴지자 박현의 눈이 부릅떠졌다.

"쳐라!"

외부에서 갑작스러운 고함이 터져 나왔다.

숙— 숙— 슈슉—

공기총 같은 소리가 터졌다.

퍽! 퍼버벅!

그 소리에 맞춰 박현의 몸이 휘청였다.

"크르르!"

그의 가슴과 팔, 다리에 쇠로 만들어진 주사기가 꽂혀 있었다.

펑— 펑—

촤라라라락!

이어서 묵직한 폭음과 함께 거무스름한 쇠그물이 박현의 몸을 뒤덮었다.

"크하앙!"

박현은 연거푸 덮쳐오는 쇠그물의 힘을 이기지 못하고 몇 걸음 밀려나다가 바닥으로 쓰러졌다.

"크하아앙!"

박현은 쇠그물에서 벗어나기 위해 몸부림쳤지만 아무 소용없었다. 오히려 거친 행동에 약기운이 빠르게 그의 몸을 잠식해 들어갔고, 그로 인해 그의 움직임은 서서히 느려져 갔다.

스슥—

백여 명의 검은 야행복을 입은 무인들이 촘촘하게 그들을 포위했다.

"오랜만이야, 동생."

포위망이 벌어지며 세 명의 사내가 얼굴을 드러냈다.

"너? 너?"

정체를 알 수 없는 적의 기습에 힘겹게 자리에서 일어선 김월은 김열의 얼굴을 보고 경악을 금치 못했다.

"어떻게?"

"이 형은 조용히 살고 싶은데 누가 자꾸 신경을 건들잖아."

"……."

"형도 이제 조용히 두 다리 뻗고 살자."

김월은 시퍼런 눈으로 김열을 쳐다보았다.

"아이구, 무서워라. 우리 동생 눈빛이 매서워."

김열은 조롱하듯 양손을 모아 한차례 몸을 떨었다.

"패화랑을 보니 아버지의 뜻이겠군요."

김열은 시선을 돌려 패화랑 최영도를 발견하고는 쓴웃음을 지었다.

패화랑 최영도는 살짝 고개를 끄덕이는 것으로 대답을 대신했다.

"하하, 하하하하하."

김월은 고개를 젖혀 큰 웃음을 터트렸다.

그 웃음은 울음이었다.

"대신 부탁이 있소."

"……."

최영도는 입을 열지 않았다.

"어디까지나 문의 일. 문과 상관없는 이들을 보내주십시오."

김월은 어느새 함께 월화랑들과 함께 등을 맞대고 있는 호족들을 잠시 일견하며 말했다.

"이 새끼 지금 누구랑 이야기하는 거야?"

김열이 신경질적으로 목소리를 키웠다.

"그리고 내가 들어줄 것 같아?"

"열화랑."

조완희가 비교적 깔끔한 모습으로 나섰다.

"이게 누구신가? 조 박수가 아니신가?"

"이놈!"

이어 창백한 모습의 신비선녀가 그를 향해 호통을 쳤다.

"쯧."

신비선녀의 등장에 김열이 눈가를 찌푸렸다.

이들은 예상 밖이었다.

하지만 내친걸음, 그리고 고지가 눈앞.

이제 와서 멈출 수는 없었다.

김열은 손을 들어 올렸다가 내리며 소리쳤다.

"모조리 죽여."

그 명에.

"모조리 죽이랍신다!"

대낭두 최선익이 열화랑 낭두들에게 명을 알렸다.

"패화랑!"

신비선녀가 최영도의 이름을 불렀다.

"죄송합니다. 이 빚은 지옥에서 갚도록 하겠습니다."

최영도는 허리를 깊게 숙여 사과하며 패화랑 낭도들에게
명령을 내렸다.

챙— 챙— 차자장—

시퍼런 칼날 소리가 전장을 집어삼켰다.

"우와아아아아!"

"죽여라!"

"으하압!"

백여 명의 화랑문 낭도들이 일제히 호족과 월화랑, 정보
4팀을 덮쳐 갔다.

"으악!"

"크하아악!"

이어 피가 튀고 비명이 울려 퍼지기 시작할 때쯤이었다.

"크하아아아아아아아앙!"

엄청난 울음이 전장을 뒤덮었다.

대지를 울리는 울음에 몰아치던 화랑문 낭도들도, 그들을 막아서던 호족과 월화랑, 정보4팀들도 순간 검을 세웠다.

"뭐, 뭐야?"

김열은 화들짝 놀라며 소리쳤다.

스릉, 스르륵, 철컹 철컹.

열 겹이 넘게 겹쳐진 쇠그물 더미가 들썩거렸다.

"저, 저? 백호?"

김열은 놀라 입을 쩍 벌렸다가 황급히 최영도를 찾았다.

"죽이세요. 어서요!"

최영도도 심각한 얼굴로 고개를 끄덕이며 주위의 낭도들에게 명령했다.

"죽여."

"명!"

"명!"

세 명의 낭도들이 빠르게 달려가 쇠그물 틈으로 검을 찔러 넣었다.

푹! 푹푹! 푹푹!

피가 쇠그물 사이에서 낭자하게 튀었다.

"크하아앙!"

고통에 찬 울음이 흘러나왔다.

들썩이던 쇠그물이 다시 잔잔하게 가라앉았다.

"명줄을 끊어라!"

이어진 명에 낭두가 검을 들어 박현, 백호의 목을 겨눴다.

쑤아아악—

힘껏 검을 내찌르는 순간이었다.

"쿠허어어어엉!"

조금 전과 다른 울음이 쇠그물 안에서 터져 나왔다.

동시에 엄청난 신기가 폭탄처럼 터져 나왔고, 박현을 죽음으로 몰아넣던 세 명의 화랑문 낭두와 낭도들이 그 기운에 휘말려 뒤로 튕겨져 나갔다.

좌르르— 철컹! 콰득! 철컹! 콰득!

쇠그물 가닥이 끊어지는 소리와 함께 쇠그물이 높게 불쑥 솟아올랐다.

"쿠르르르르."

이질적인 울음과 함께 쇠그물 사이로 새하얀 손이 불쑥 튀어나왔다.

콰드드득— 콰득!

그 손은 쇠그물을 마치 종잇장처럼 찢어버렸다.

그리고 모습을 드러낸 것은 새하얀 피부에 검은 묵선을 더한 존재였다. 호랑이 무늬를 가졌지만 분명 백호는 아니었다.

엄청난 굵기로 솟은 두 개의 새하얀 뿔.

뜨거운 숨을 토해내는 길쭉한 코.

호족, 아니 백호도 아이처럼 보이게 만들 정도로 더욱 거대해지고, 마치 갑옷을 입은 것처럼 두꺼운 근육을 가진, 백우(白牛), 새하얀 한 마리의 소였다.

"쿠허어어어어엉!"

미노타우르스를 닮은 한 마리 백우는 포효를 터트리며 김열과 최영도를 향해 돌진했다.

*　　　*　　　*

박현, 백호의 목소리에 잠시 찾아온 정적.

호효상, 황호는 당연히 적과 거리를 만들며 박현을 쳐다보았다.

이어진 총성과 그를 덮치는 쇠그물.

'하, 함정?'

호효상은 빠르게 화랑문과 정보4팀을 살폈다. 당황하기는 그들도 매한가지, 함정은 아니라는 소리였다.

'누구지?'

그 의문은 얼마 지나지 않아 알 수 있게 되었다.

김열.

형제의 난이 벌어진 것이다.

『태성아, 너와 나는 길을 뚫는다. 그리고 진석이 너는 최대한 애들을 살려라.』

『혀, 형님!』

호태성, 황호가 당황한 듯 그를 불렀다.

『길은 제가 뚫겠습니다. 형님은 살아야 합니다.』

호효상은 고개를 저었다.

『남아일언 중천금. 너희들은 모르겠지만 나는 이미 그를 나의 왕으로 모셨다.』

호효상은 호진석의 어깨를 꾹 잡았다.

『뒤를 잘 부탁한다.』

『안 됩니다.』

호진석의 만류에도 불구하고, 호효상은 발톱을 세우며 걸음을 내디뎠다.

그리고 적들을 향해 발톱을 드러내는 순간.

"쿠허어어어엉!"

낯선 울음이 터져 나왔다.

그 울음의 주인은 바로 박현.

그런데 포효의 울음이 어딘가 달랐다.

하지만 그 사실을 알아차리기에는 상황이 너무 급박했다.

"죽여라!"

중년의 명에 화랑문 문도 셋이 박현에게 달라붙어 검을 휘둘렀다.

"크허엉!"

『이익!』

호효상은 울음을 터트리며 박현을 살리기 위해 그들을 덮쳐갔다.

파아아앙!

그때 엄청난 신기에 호효상은 화랑문 패화랑 낭두, 낭도들과 함께 뒤로 튕겨졌다.

『형님!』

뒤를 따르던 호태성이 호효상을 빠르게 받아들었다.

『......!』

호효상은 서서히 몸을 일으켜 세우는 박현을 쳐다보았다.

'더욱 거대해졌다!'

쇠그물에 가려져 자세히 파악할 수는 없었지만 적어도 50cm는 더욱 커진 듯싶었다.

단순히 키만 커진 게 아니었다.

몸집도 더욱 거대해졌다.

『어?』

호효상은 쇠사슬 사이로 삐죽하게 솟아나는 뿔을 보고 의아한 반응을 보였다.

'뿔?'

호랑이에게는 뿔이 없다.

신수 백호에게도, 해태에게도 뿔은 없다.

그런데 뿔이 드러났다.

콰드드드득! 좌르르 철컹컹!

이어 박현은 가볍게 쇠사슬을 끊어내며 모습을 드러냈다.

동시에 호효상의 눈이 화등잔처럼 번쩍 떠졌다. 부릅떠진 눈 안의 눈동자가 파르르 요동쳤다.

『배, 백우?』

『혀, 형님!』

호태성도 당황한 듯 호효상을 불렀다.

『이, 이게 무슨……』

뒤늦게 달려온 호진석도 우두커니 서서 포효하는 백우를 쳐다볼 뿐이었다.

＊　　＊　　＊

"쿠허어어어엉!"

거대한, 호랑이 줄무늬를 가진 한 마리 하얀 소의 울음에 순간 정적이 내려앉았다.

"우메. 이, 이게 뭣이다야?"

서기원이 눈을 껌뻑였다.

"물어보면 내가 아냐?"

조완희도 침을 꿀떡 삼키며 대답했다.

"아—."

언제나 차분함을 잃지 않던 신비선녀도 놀람을 감추지 못했다.

"쿠허어어어어엉!"

포효하며 달려 나가는 박현, 백우의 모습은 엄청났다.

한 걸음, 한 걸음에 땅이 푹푹 파져 나갔고, 빠르기도 빨랐지만 그에게서 느껴지는 위압감은 마치 폭풍을 보는 듯했다.

"헉!"

김열은 달려드는 박현의 위압감을 이기지 못한 듯 검조차 제대로 들지 못하고 멍하니 서 있었다.

"소주."

패화랑, 최영도가 재빠르게 박현을 막아섰다.

"큭!"

상상 이상으로 뿜어내는 위압감에 최영도는 입술을 지그시 물며 옆으로 살짝 몸을 비켜 세웠다. 그를 정통으로 막아서기란 불가능에 가깝다 판단한 까닭이었다.

"크합!"

최영도는 크게 진각을 밟으며 박현의 어깨를 베었다.

"쿠허어어엉!"

박현은 그 일검에 오히려 울음을 터트리며 팔을 들어 검과 부딪혀갔다.

서걱— 캉!

'베었, ……!'

살갗을 베는 느낌에 최영도가 다음 수를 떠올리는 그때였다. 검은 강한 반발력에 완벽하게 베지 못하고 튕겨져 나왔다.

부우우웅—

박현은 걸음을 멈추지 않고, 사람 머리보다도 더 큰 주먹, 손등으로 최영도를 향해 휘둘렀다.

최영도는 검으로 몸을 보호하는 동시에 두 다리를 대지에 단단히 박으며 충격을 대비했다.

와장창창창— 퍼억!

그의 기대와 달리 박현의 주먹은 검을 부수는 것으로도 모자라 그의 양 팔을 부러트리며 가슴에 틀어박혔다.

"커억!"

마치 과속하는 덤프트럭에라도 부딪힌 듯한 엄청난 충격에 최영도는 피를 토하며 힘없이 뒤로 날아가 바닥에 처박혔다.

"으헉!"

김열은 최영도가 자신을 막아서자 안도의 한숨을 내쉬었지만 그 숨을 채 내쉬기도 전에 힘없이 나가떨어지는 모습에 눈을 부릅떴다.

그 일격과 그가 내뿜는 위압감에 겁을 먹은 듯 검은 주체없이 흔들리고 있었다.

"으악!"

김열은 기합인지 비명인지 모를 소리와 함께 검을 내리그었다.

모든 정신을 모아 검을 내려찍어도 부족한 이때, 어설픈 몽둥이질 같은 일검이 박현을 베기란 요원한 일.

퉁―

김열의 검은 박현의 피부도 베지 못하고 튕겨져 나왔다.

훤히 드러난 김열의 배.

박현은 머리를 틀어 뾰족한 뿔을 배에 틀어박았다.

"끄아아악!"

뿔이 그의 배를 꿰뚫자 김열의 입에서 지독한 고통이 뿜어져 나왔다. 박현은 그대로 머리를 들어 그의 몸을 허공으로 띄워 올렸다.

쿵!

다시 바닥에 떨어진 김열을 향해 박현은 다가가 내려다보았다.

"쿠허엉!"

『본인을 죽이겠다고? 감히 내 사람들을 죽이겠다고?』

박현의 살기는 김열의 고통마저 잡아먹었다.

"자, 잘못⋯⋯."

김열은 양팔과 두발로 땅을 기다시피 그에게서 벗어나고자 발버둥을 쳤다.

『잘못했으면 죽어야지!』

박현은 다리를 들어 김열의 머리를 그대로 부숴버렸다.

퍼석!

박현은 천천히 몸을 돌려 다시 몸을 일으켜 세우는 패화랑 최영도를 쳐다보았다.

팟—

박현이 있던 곳에 먼지가 피어올랐고, 그의 몸은 이미 최영도를 덮쳐가고 있었다.

쾅!

박현의 주먹에 최영도의 몸이 다시 뒤로 날아갔다.

슛!

그를 향해 한 걸음 내딛는 박현의 신형이 그 자리에서 사라졌다.

축지.

그가 다시 모습을 드러낸 것은 힘없이 뒤로 날아가는 패화랑, 최영도의 뒤였다.

박현은 그의 허리를 향해 주먹을 꽂았다.

파각!

뼈가 부서지는 소리와 함께 패화랑, 최영도의 몸이 바닥에 내려 꽂혔다.

쾅! 쾅! 쾅! 쾅 쾅!

"쿠후우우."

박현은 거대한 발을 들어 그의 몸을 사정없이 내려찍었다.

최영도는 비명 한 번 내지르지 못하고 순식간에 핏덩이가 되어 죽음을 맞이했다.

"쿠르르르르."

『그리고 네놈이로구나!』

박현은 충격에 떠는 최선익을 발견하자 축지로 그의 앞에 섰다.

"히익!"

최선익의 기겁성이 터지기가 무섭게 박현, 백우의 주먹이 그의 복부에 틀어박혔다.

그 힘에 최선익의 몸이 허공으로 1m 가량 떠올랐다.

퍼버버버버버버벙—

박현은 공중에 뜬 그의 몸으로 향해 주먹 수십 발을 내리꽂았다.

쾅!

마지막 일격에 최선익은 수 미터를 날아가 바닥에 처박혔다. 그리고 몸을 몇 차례 부르르 떨다가 죽음을 맞이했다.

"쿠르르르르르."

박현은 몸을 돌려 나머지 화랑문 문도들을 쳐다보았다.

"도, 도망……. 도망쳐야 해."

괴물과도 같은 힘에 화랑문 문도들은 겁에 질려 하나둘씩 줄행랑을 치기 시작했다.

박현은 그들을 잡지 않았다.

갑자기 힘이 넘쳐 의아하기는 하지만 애초에 상처에 출혈도 많았었고, 상황을 타개하기 위해 짧은 시간 안에 폭발적으로 힘을 쏟아내서인지 몸도 물먹은 솜처럼 축 쳐지기도 했다.

"쿠후우우."

『후우—.』

썰물처럼 그들이 사라지자 박현은 안도감을 담아 한숨을 내쉬었다.

박현은 중앙에 모여 있는 조완희, 서기원, 호효상, 김월을 향해 뚜벅뚜벅 걸어갔다. 그리고 때를 맞춰 한석민이 허겁지겁 달려 합류했다.

『죽은 이들은?』

박현의 질문에도 어느 누구도 대답하지 않고 놀란 눈으로 자신을 올려다보고만 있었다.

『다들 왜 그렇게 쳐다보지?』

박현은 그 모습에 미간을 찌푸렸다.

『그런데…….』

박현, 백우는 고개를 잠시 갸웃거렸다.

들어오는 시선이 달라진 것을 깨달은 것이었다.

『왜 다들 이렇게 키가 줄어들었지?』

눈높이를 마주하던 호효상마저 얼굴이 가슴 언저리로 내려가 있었다.

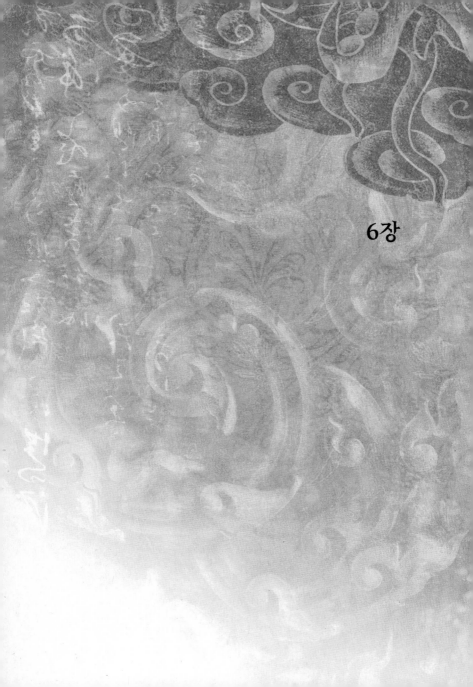

6장

『……。』

『……。』

『어…….』

황호 호효상, 황호 호진석, 그리고 황호 호태성도 입을 열지 않았다.

『기원아.』

답답함에 박현은 도깨비 서기원을 불렀다.

"어……. 어……, 그게……. 뭐다야."

서기원은 뭔가 말을 하려다가 울상을 지으며 박수무당 조완희를 쳐다보았다.

"다들 뭘 그렇게 대답을 안 해 줘."

조완희는 귀찮다는 듯 손을 휘저으며 박현 앞에 섰다.

"너 백호가 아니다."

『······?』

"너 지금 소야. 소. 음메에에~. 소 알지? 색깔은 여전히 새하얗고. 음······, 호랑이 줄무늬도 남아 있기는 하지만."

조완희는 별일 아니라는 듯 그냥 주절주절 보이는 대로 모두 이야기해 주었다.

"끄억!"

서기원은 그 말에 흠칫 놀라며 조완희를 쳐다보았다.

『소?』

박현은 무슨 장난인가 싶어 눈살을 찌푸리다가 모두의 묘한 모두의 시선에 손을 들어 살폈다.

『어?』

손 모양이 달랐다.

흑백의 줄무늬는 여전했지만 그 색은 조금 옅어져 있었다. 또한 날카로운 발톱도 없었고, 호랑이 특유의 생김새도 사라져 있었다.

'······!'

그러고 보니 처음 죽인 자를 뿔로 들이박아 죽인 것 같았다.

박현은 손을 올려 주섬주섬 머리를 매만졌다.

머리 양쪽으로 두 개의 뿔이 느껴졌다.

"……!"

호랑이에 뿔이 있을 리는 없었다.

『이게 뭐지?』

박현의 눈동자가 요동쳤다.

『거울, 거울 있는 사람?』

거울이 있을 리가 없었다.

누가 전장에 거울을 가져오겠는…….

"여 있어야."

서기원이 도깨비 주머니에서 커다란 전신 거울을 꺼내 박현 앞에 놓았다.

전신 거울마저 박현의 몸을 모두 담기에 작았다.

하지만 박현은 충분히 자신의 모습을 확인할 수 있었다.

"……!"

박현은 자신의 모습을 보자 충격에 빠진 듯 입을 꾹 닫았다.

"근디 말이어야."

서기원이 쭈뼛 말을 걸었다.

"박현 맞아야?"

　　　　　*　　　*　　　*

"뭣이라?"

콰당탕탕—

얼마나 놀랐는지 화랑문 풍월주 김강호는 경상이 뒤집어지는 것도 모르고 자리에서 벌떡 일어났다.

"그, 그렇습니다."

패화랑 대낭두 곽억이 머리를 더욱 조아리며 대답했다.

"패화랑이, 패화랑이 죽었단 말인가?"

곽억과 함께 엎드려 있는 열화랑 이낭두 박형석의 얼굴은 일그러졌다. 풍월주 김강호의 입에서 김열은 아예 거론조차 되지 않고 있었다.

그보다 패화랑 최영도의 죽음이 중하다는 듯.

"패화랑과 열이를 죽인 자들이 누구라고?"

풍월주 김강호는 다시금 확인했다.

"월화랑, 그리고 한성그룹 정보4팀, 그리고 호족입니다."

"빠드득!"

"그리고……."

"그리고?"

"반인반신으로 보이는 백우였습니다."

"백우?"

풍월주 김강호는 순간 고개를 갸웃거렸다.

"우면 소를 말하는 것이냐?"

"그렇습니다."

"반인반신 중에 우족(牛族)이 있었던가?"

"문헌에서는 기록이 있다 들었사오나⋯⋯."

"우신(牛神)에 백우라."

새로운 반인반신의 등장에 풍월주 김강호는 어느 정도 감정이 가라앉은 듯 자리에 다시 앉았다.

"호족과 모종의 관계가 있어 보였습니다."

패화랑 대낭두 곽억이 말을 덧붙였다.

"흠."

짧은 침음 뒤.

"최 대낭두."

"예, 풍월주."

"당장 화랑들을 소집하라."

"명!"

복명과 함께 곽억과 박형석이 물러났다.

"쓸모없는 놈 때문에 이렇게 발목이 잡혀버리다니."

풍월주 김강호는 눈가를 파르르 떨었다.

　박현의 거실에 십여 명의 사람들이 모여 있었다.

　박현, 서기원, 조완희, 신비선녀, 김월과 한석민, 호효상과 호태성, 호진석이었다.

　"혀, 현아. ……화 많이 났어야?"

　서기원은 팔짱을 낀 채 심각한 얼굴로 눈을 감고 있는 박현에게 조심스럽게 물었다.

　"아얏!"

　조완희는 그런 서기원의 허벅지를 손으로 꼬집었다.

　'조용히 안 해! 콱!'

　조완희는 눈을 부라리며 서기원을 노려보았다.

　"내가 뭘 잘못했다고 그래…… 했어야."

　서기원은 박현을 흘깃 쳐다보며 고개를 푹 숙였다.

　"이 입이 방정이어야. 이 입이."

　서기원은 손바닥으로 자신의 입을 쳤다.

　빡!

　조완희는 그런 서기원의 뒤통수를 힘껏 쳐올렸다.

　"조용히 하라고."

　조완희는 어금니를 꽉 깨물며 나직하게 경고했다.

　"흠."

그때 박현의 침음이 흘러나왔다.

그 소리에 조완희와 서기원은 흠칫거렸다.

박현은 천천히 눈을 뜨고 자신을 중심으로 앉아 있는 이들을 쳐다보았다.

"왜 다들 여기에 모여 있는 겁니까?"

박현의 질문에 쉽사리 대답을 꺼낸 이는 없었다.

"그야……."

김월이 대답을 하려다가 어색한 표정으로 다시 입을 달았다.

"그대들은?"

박현의 시선이 호효상과 호진석, 호태성에게로 향했다.

"……뭐."

호태성 역시 어색한 웃음으로 대답을 대신했다.

"하아―."

박현은 한숨을 내쉬며 호효상을 쳐다보았다.

"뭐 알다시피 본인은 백호가 아니야. 정체가 뭐냐고 묻지 마. 본인도 모르니까."

박현은 쓴웃음을 삼켰다.

"보다시피 나는 그대들의 왕이 아니다."

"보스."

호효상은 표정만큼이나 딱딱한 목소리로 그를 불렀다.

"아직도 본인을 그리 부르나? 백우의 모습이 가히 충격적이기는 하였지만. 어쨌든 고의는 아니었다. 일단 돌아가서 호촌 어르신들에게도 말 잘해 주고. 내 근시일 안으로 사과하러 찾아가지."

"지금도 진체는 백호이지 않습니까?"

백우의 모습에 충격을 받은 박현은 그 자리에서 기절하고 말았었다. 물론 기절의 주요 원인은 과도한 신력의 사용에 의한 탈진이었지만 충격이 기폭제가 되었음은 자명한 일이었다.

깨어난 박현이 다시 진체를 드러냈을 때에는 백우가 아닌 백호였다.

마치 그 모든 것들이 거짓말이었던 것처럼.

"무엇을 말하려는지 알겠어. 하지만 본인이 백우가 되었다는 것은 거짓도 착각도 아니야."

"하지만 무엇이었던 간에 보스는 우리와 우리의 아이들을 지키기 위해 스스로 목숨을 걸었었습니다. 그리고 분명 그때 말씀하셨습니다. 내 사람들이라고."

"그때는 그때고 지금은 지금이야."

"보스⋯⋯."

호효상이 뭔가 말을 더 이으려고 했지만 호진석이 그를 말렸다.

"그리하겠습니다."

호효상과 달리 호진석은 냉정하게 그의 뜻을 받아들였다.

"기다리겠습니다."

호효상의 말에 박현은 손을 저어 축객령을 표했다.

호진석은 머뭇거리는 호효상을 반쯤은 강제로 자리에서 일으켜 세웠고, 호태성은 얼떨결에 따라 자리에서 일어났다.

셋은 어수선함을 남기고 자리를 뜨고, 남은 적막 속에 신비선녀의 중얼거림이 흐르고 있었다.

셋이 자리에서 일어나고 막 거실을 나가려는 그때였다.

"백호, 백우……. 백호, 백우……. 천외천. 천외천, 백호, 백우……. 호랑이, 소. 호랑이, 소……. 호랑이, 소?"

한참을 눈을 감고 깊게 생각에 빠져 있던 신비선녀가 갑자기 눈을 번쩍 떴다.

그리고는 자리에서 벌떡 일어나 알 수 없는 말을 중얼거리며 거실을 서성거리기 시작했다.

"호랑이, 소, 뱀, 독수리……, 잉어의 비늘!"

신비선녀는 목이 부러져라 고개를 돌려 박현을 쳐다보았다.

호랑이의 발, 소의 귀, 뱀의 목, 낙타의 머리, 토끼의 눈,

사슴의 뿔, 독수리의 발톱, 조개의 배, 잉어의 비늘.

이들은 용을 이루는 신성한 존재들이다.

"아!"

그녀는 뭔가를 깨닫고는 몸이 파르르 떨렸다.

아홉이 하나, 하나가 아홉.

그게 바로 용이다.

"아—!"

신비선녀는 한 번 더 경악에 가까운 감탄을 터트렸다.

"어허!"

그녀의 목소리에 귀를 기울이던 조완희도 금세 깨닫고는 경악을 터트리며 박현을 쳐다보았다. 그 역시 박현을 바라보는 눈동자는 바르르 요동치고 있었다.

"……용."

"……백룡."

신비선녀와 조완희는 동시에 말했다.

신비선녀는 용신을 모시는 무녀임과 동시에 대대로 용을 모시는 가문의 가주였다.

"용이시여!"

신비선녀는 고개를 들어 박현을 올려다보았다.

"하나가 아홉이 되어, 아홉이 하나 되어 천지를 굽이 내려다보는 신이시여. 소녀 신을 알현하나이다!"

신비선녀는 바닥에 머리를 찧으며 다시 부복했다.

"……!"

김월도.

"……!"

한석민도.

"……!"

그녀의 외침에 눈을 부릅뜨며 몸을 파르르 떨었다.

오방의 중심 황룡.

바다를 다스리는 청룡.

비를 다스리는 뇌룡.

번개를 다스리는 우룡 등등.

수많은 용 중에서도 가장 신비한 용이자 알려진 것이 없기에 문헌에조차 거의 거론되지 않는 용.

허구로 치부되는 환상의 용.

그 용이 바로 백룡이었다.

꽈당탕탕!

"워매! 백룡이어야! 내 친우가 백룡이어야! 워매! 워매! 워매매매매매!"

서기원만이 분위기를 파악하지 못하고 방방 뛰어다니며 소리쳤다.

　　　　　*　　　*　　　*

　박현은 오랜만에 일청파가 관리하는 간판 없는 지하 룸
싸롱에 들렸다.

　"이러다가 얼굴 잊어버리겠어요."

　양 마담이 살가운 웃음을 지으며 빈 잔을 채웠다.

　"내가 안 온 지 그리 오래되었나?"

　양 마담은 대답 대신 단아한 미소를 지었고, 박현은 담
담하게 술잔을 비웠다. 양 마담은 과일 하나를 포크로 찍어
박현의 입으로 가져갔다.

　"이제 나가 봐도 돼."

　"적적하실 텐데, 제가 곁을 지켜드릴게요."

　양 마담의 말에 박현은 고개를 절레절레 저었다.

　"조용히 생각 정리할 것이 있어. 다음에 조용히 둘이 한
잔 마시도록 하지."

　"그 약속 꼭 지키셔야 해요."

　그 말에 양마담은 부드러운 미소를 남기며 조용히 자리
에서 일어났다. 그녀가 나가고 남은 박현은 그녀가 따라준
술잔을 말없이 내려다보았다.

　박현은 술잔을 바라보고 있었지만 그의 머릿속은 술잔을
받아들이지 못하고 있었다.

혼란스럽다.

인간이 아닌 것도 겨우 받아들였는데, 그마저도 진실이 아니란다.

아니, 아니었다.

두 눈으로 본 하얀 소의 형상.

그런데 백룡이란다.

그게 자신이란다.

그냥 웃음이 흘러나왔다.

나는 도대체 뭘까?

왜 할아버지는 나에게 아무런 말도 해주시지 않고 돌아가신 걸까?

아버지는 누구일까?

어머니는 아버지의 정체를 알고 만났던 걸까?

호족은?

호족은 또 어찌해야 하나?

수많은 고뇌와 고민이 그의 머릿속을 헝클였다.

'개 같던 그때의 기분을 다시 느낄 줄이야.'

박현은 술잔을 비웠다.

그리고 자그만 술잔을 주먹으로 말아 쥐었다.

조부모가 돌아가신 날.

세상에 홀로 남겨진 그때.

아버지가 누구인지도 모르고, 그렇기에 나는 누구인지도 모를…… 앞으로 어떻게 살아야 하는지 모를 그때 그 참담함.

"기분 더럽군."

박현은 다시 술잔을 채워 잔을 비웠다.

탁.

그렇게 술잔을 비운 박현이 다시 술잔을 채우고 다시 비우기를 얼마.

♩♫~ ♩♪~ ♩♫~

전화벨이 울렸다.

무시했다.

다시 전화벨이 울렸다.

그렇게 몇 번 끊어지고 다시 울리기를 여러 차례.

박현은 미간을 찌푸리며 전화기를 쳐다보았다.

조완희.

발신자에 박수무당 조완희의 이름이 떠 있었다.

슬그머니 미소가 지어졌다.

그때와 다른 것이 있었다.

세상에 홀로 버려진 것은 아니라는 거다.

"어."

박현은 희미한 미소를 지으며 전화를 받았다.

《뭐하냐?》

"술."

박현의 대답은 짧고 간결했다.

《어디냐?》

"여기가……."

박현은 간략하게 위치를 설명하고 전화를 끊었다.

다시 찾아온 정막, 박현은 다시 술잔을 들었다.

한 잔, 두 잔……

잔들이 쌓이고 술병이 반쯤 비워졌을 쯤.

똑똑.

문기척 소리가 그의 심란함을 깨트렸다.

"친우분들이 찾아왔어요. 이곳으로 모실까요?"

양 마담이 문을 열고 박현의 의중을 물었다.

"들?"

"네 분이시던데요."

목소리는 여전히 사근사근했지만 순간 그녀의 눈빛이 날카롭게 변했다.

여리여리하고 부드럽지만 그녀는 일반인들은 좀처럼 상상하기 어려운 거친 밤의 무대를 헤치며 살아온 여인이었다. 특히 칼과 주먹이 오가는 조폭들 사이에서 당차게 버텨 낸 여인이기도 했다.

그런 그녀에게 강단과 깡이 없을 리 없다. 아니 어지간한 사내들보다, 아니 조폭들보다도 강하면 강했지 못하지 않았다.

"넷?"

"네."

박현이 미간을 슬쩍 좁혔다.

"친우야. 어디 있어야? 나 왔어야."

방문 밖에서 도깨비 서기원의 천진난만하면서도 우렁찬 목소리가 들려왔다.

어느새 느껴지는 친근함에 박현은 피식 웃음을 지었다.

그 웃음의 의미를 알아차린 양 마담 역시 바로 표정이 부드럽게 풀어졌다.

"바로 모실게요."

양 마담이 문 뒤로 고개를 돌려 뭐라 속닥이자 잠시 후 박수무당 조완희와 서기원, 그리고 한석민 전무와 월화랑 김월이 안으로 들어왔다.

"으메. 으메. 시상에 이런 데가 다 있어야. 으메~."

서기원은 룸 안을 헤집다시피 돌아다니며 호들갑을 떨었다.

턱!

조완희는 그런 서기원의 뒷목을 움켜잡고 자리에 앉혔

다.

"촌스럽게 굴지 마라."

"촌스러운 게 어때서야?"

서기원은 그 말을 쾌의치 않게 여기며 여전히 화려하게 꾸며진 룸 안으로 구경했다.

"내가 무슨 말을 할까?"

조완희는 한숨 섞인 목소리와 함께 고개를 절레절레 저었다.

둘의 투닥거림에 박현의 입가에 담담한 미소가 지어졌다.

"아가씨들은 어떻게 할까요?"

조용히 자리를 지키고 있던 양 마담이 자연스럽게 대화 속으로 파고들었다.

"중요한 이야기가 있습니다."

한석민 전무였다.

그는 이런 자리가 익숙한 듯 에둘러 자리를 비워달라는 뜻을 표했다.

"……네."

"필요한 것이 있으면 부르지."

"그럼 이야기들 나누세요."

양 마담이 자리를 뜨자 한석민 전무가 박현을 바라보며

입을 열었다.

"정리할 생각이 많을 텐데 방해해서 미안하네."

한석민 전무는 먼저 사과했다.

"알면서 찾아온 것은 그만큼 중한 일이 있다는 뜻이겠지요."

"그렇네. 우리도 사실 경황이 없어 미처 말을 꺼내지 못한 것이 있네."

"뭡니까?"

"화랑문."

"……?"

박현은 고개를 갸웃거렸다.

"이런."

조완희가 이마를 짚었다.

"뭔데?"

박현이 그런 조완희를 보며 물었다.

"그날 기억이 온전해?"

"백우로 변하고 나서는 뜨문뜨문……, ……!"

박현이 말을 하다 말고 인상을 굳혔다.

그제야 자신들을 덮친 제3의 세력이 있었다는 사실이 떠올랐다.

"누구지?"

"화랑문. 정확히는 나의 형일세."

김월.

그의 대답에 박현의 미간에 깊은 주름이 그려졌다.

"화랑문에 이 소식이 전해졌겠군."

"그렇네."

김월은 잠시 머뭇거리다가 다시 입을 열었다.

"나에게 연락이 없는 것을 보면 아버……, 아니 가주님
은 나마저 처낼 생각을 하신 모양이야."

"어째 그래여야?"

서기원이 이해할 수 없다는 듯 물었다.

"마음에 드시지 않는 것이지. 형은 아둔하고, 나는
뭐…… 유약해 보이신 거지. 형수의 배에 아들이 있다는 것
도 한 이유이겠고. 뭐…… 왕은 자식과도 권력을 나누지 않
는다, 그런 것이지."

김월은 쓸쓸하게 자신이 처한 상황을 이야기했다.

"흠."

박현은 팔짱을 끼며 침음성을 삼켰다.

"호족은?"

박현은 서기원에게 물었다.

"생각보다 크게 다친 이들이 많아서 우리가 제공한 곳에
서 휴식을 취하고 있네."

한석민 전무.

"혹시 내 정체에 대해서 언질을 줬나?"

"함부로 건넬 말이 아닌 듯하여 전하지 않았네."

한석민 전무는 고개를 저었다.

박현은 고개를 끄덕이며 김월을 쳐다보았다.

"월화랑은?"

"우리 사정도 그다지 썩 좋지 않아."

"그들의 공격 예상 시간은 어떻게 됩니까?"

"이르면 내일 밤, 늦어도 모레는 넘기지 않을 것일세."

박현은 고개를 끄덕였다.

현재 아군의 전력은 평소의 절반에도 미치지 못하는 상황.

'병력 손실이 뼈가 아프군.'

"그나마 다행이라면 급한 불을 끌 정도의 약은 있네."

한석민 전무가 말을 덧붙였다.

"전력을 수습하기에는 많이 부족해."

조완희.

엉겁결에 낀 그도 사실 많이 억울할 판이다.

"그래서요?"

"……도와주면 안 되겠나?"

김월이 눈치를 보며 입을 열었다.

"힘든 거 잘 아네. 하지만……."

박현은 손을 들어 한석민 전무의 말을 막았다.

"휴우―."

박현은 한숨을 내쉬며 술을 한 모금 마셨다.

일단 살려는 놓는 게 여러모로 득이기는 한데, 한편으로
이 상황이 짜증 나기도 했다.

하지만 벌여놓은 판은 마무리해야 할 터.

'방법이라.'

순간 머릿속을 스쳐 지나가는 것에 박현의 눈이 번쩍 떠
졌다.

그 눈동자가 향한 곳은 서기원이었다.

그 시선에 서기원은 흠칫 몸을 떨었다.

"……왜, 왜 그렇게 봐?"

"……기원아."

"안 돼야!"

서기원은 뭔가를 알아차린 듯 소리를 버럭 질렀다.

"뭐가?"

"죽어도 못 줘야!"

서기원은 무언가를 움켜쥔 듯한 손 모양을 만들며 가슴
에 꼭 안았다.

무엇을 말하는 것인지 뒤늦게 깨달은 조완희가 슬쩍 서

기원 옆으로 다가앉았다.

퍽!

그러나 서기원은 그런 조완희를 우악스럽게 밀쳐냈다.

"입 밖으로 꺼내지 말아야. 꺼내는 순간 머리를 아작 내 버려야."

"그래 알았다. 말 안 꺼내마."

그러면서 박현은 벨을 눌러 웨이터를 통해 양 마담을 불렀다.

"필요한 거라도 있으세요?"

박현은 손짓으로 양 마담을 가까이 불러 귓속말로 뭐라 속닥였다. 양 마담은 흘깃 서기원을 일견하며 묘한 웃음을 지었다.

"네."

잠시 후.

"안녕하세요!"

"안녕하세요!"

몸에 착 달라붙는 드레스를 입은 앳된 여자 둘이 룸 안으로 들어오며 활기차게 인사했다.

"워메!"

노출이 없음에도 몸에 착 달라붙은 옷은 묘하게 섹시했고, 당장 연예계에 뛰어들어도 미모로 꿀리지 않을 정도로 아름다웠다.

"이분이시구나."

"어머머머머. 우람한 근육 봐. 나는 이런 근육이 좋더라 ~."

여자 둘은 금세 서기원의 옆에 달라붙어 달달한 목소리로 교태를 부렸다.

"헤헤헤헤헤헤헤."

벌써 애간장이 녹았는지 서기원은 좋다고 헤벌레 웃음을 난발하고 있었다.

"짜잔!"

숏커트의 여자가 웨이터가 가져온 막걸리를 들어 보였다.

"워매~ 나가 막걸리 좋아하는 거 어찌 알았어야."

"아잉—. 척하면 척이죠. 메밀묵은 조금 걸릴 거예요. 조금만 참아요."

긴 생머리의 여자가 팔짱을 끼며 몸을 흔들었다.

"히히. 없어도 괜찮아야. 어데 먹고 싶은 거만 다 찾아먹을 수 있어야."

서기원은 시계추처럼 고개를 좌우로 왔다 갔다 했다.

그 사이 숏커트 여자는 서기원의 팔짱을 낀 채로 막걸리를 따 한 잔 가득 담았다.

"한 잔 드세요."

"자! 건배!"

두 여자는 서기원의 혼을 빼놓으며 술잔을 돌렸다.

"근데…… 그렇게 좋은 약이 있다면서요?"

몇 순배가 돌자 생머리 여자가 은근슬쩍 산삼공청수에 대해 물었다.

"뭐여야."

서기원은 마시던 술잔을 탁자에 툭 내려놓으며 짐짓 인상을 찌푸렸다.

"피—."

그 모습에 생머리 여자는 입술을 내밀었다.

"나는 능력 없는 남자는 별론데."

"나도 능력 있는 남자가 좋더라."

반면 숏커트 여자는 팔짱을 끼고 몸을 비비며 초롱초롱한 눈으로 서기원의 얼굴을 빤히 올려다보았다.

"……능력?"

"없으면 뭐……."

"나 능력 있어야."

서기원이 강력하게 피력했지만.

"피~ 거짓말."

"실망이야. 나 그냥 갈래."

두 여자가 믿지 않자 서기원은 답답한 듯 뜨끈한 콧바람을 훅 내뱉으며 가슴을 팡팡 쳤다. 그리고는 막걸리를 병째 들어 한 번에 쭉 비웠다.

그리고 서기원은 품에서 자그만 가죽주머니를 꺼냈다.

"봐야. 여기 여 보이지야."

가죽주머니를 열자 청아한 향이 금세 룸을 가득 채웠다.

서기원은 보지 못했지만 수 병의 호로병을 보는 순간 두 여자의 눈빛이 반짝였다.

"기원아."

박현은 서기원을 불렀다.

"왜 불러야. 안 줘야. 이제 더는 안 돼야."

그 목소리에 서기원은 화들짝 주머니 입구를 닫으며 품으로 쏙 넣었다.

"꼴랑 요거 몇 병 가지고 그렇게 생색을 내는 거예요?"

"그러게. 남자가 쪼잔하다."

두 여자가 박현을 거들었다.

그리고 박현은 한석민에게 눈빛을 보냈다.

"서 두령, 내 반드시 그에 합당한 약재를 구해드리겠소."

한석민이 서둘러 보상 안을 내밀었다.

"친구야."

이어 박현이 불렀다.

"안 돼야!"

서기원은 화가 난 듯 소리를 질렀다.

"나는 친구끼리 싸우는 거 안 좋은데."

"나두 분위기 험악한 건 싫어."

둘이 서기원을 사이에 놓고 들으라는 듯 작지 않은 목소리로 속삭였다.

"그러지 말고 줘요."

단발머리 여자.

"이게 어떤 건지나 알고 말하는 거여야? 이거 무지……."

서기원이 조금은 딱딱해진 목소리로 그녀의 말을 싹뚝 자르려는 그때였다.

"허뜨!"

"아잉~. 진짜 가요?"

단발머리 여자가 서기원의 옷섶 사이로 손을 넣어 가슴을 어루만지며 아양을 떨었다.

따뜻하고 부드러운 단발머리 여자의 손길에 서기원의 눈이 동그랗게 떠졌다.

"진짜 가요?"

단발머리 여자는 가슴을 쓰다듬으며 애수에 찬 눈동자와

목소리로 물었다.

"아……. 그, 그게……."

"그게 우리보다 중요해요?"

기다렸다는 듯이 생머리 여자가 물기 젖은 목소리로 말하며 서기원의 가슴에 푹 안겼다.

"그, 그게……. 아니 그래도……."

서기원은 꽉 움켜쥔 가죽주머니를 슬쩍 바라보며 이러지도 저러지도 못하며 안절부절못했다.

"헙!"

긴 머리 여자의 손이 배로 슥 내려가자 서기원의 눈이 화등잔처럼 부릅떠졌다. 그리고 힘이 쭉 빠졌는지 손에 들고 있던 가죽주머니를 탁자 위로 툭 떨어뜨렸다.

빠르게 눈치를 살피던 조완희가 재빨리 가죽주머니를 낚아챘다.

"고맙다."

"그게 아닌데……. 아니여야. 아니여……."

박현의 눈짓에 조완희는 빠르게 룸을 빠져나갔다. 이어 한석민 전무와 김월도 눈으로 인사를 건네며 조완희를 따라 룸을 나섰다.

동시에.

"아!"

서기원은 양쪽 뺨에서 느껴지는 두 여자의 입술에 조완
희를 잡지 못하고 그 자리에 스르르 무너져 내렸다.

*　　　*　　　*

쿵쿵쿵쿵쿵!

"살아서 뭐해야. 죽어야. 나가 죽어야."

도깨비 서기원은 넋이 나간 얼굴로 단단한 벽에 연신 머
리를 박고 있었다.

"그게 어떤 건데 미인계에 홀라당 넘어가서……. 에리
아, 죽어야. 나가 죽어야."

턱!

벽과 이마 사이에 낯선 손이 하나 끼어들었다.

"그만해."

박현이었다.

"니는 친구도 아니어야."

서기원은 심통 난 얼굴로 박현의 손을 툭 쳐냈다.

"친구야."

박현은 벽에 기대서서 서기원을 바라보았다.

"흥!"

서기원은 콧방귀를 뀌며 고개를 홱 돌려버렸다.

"산삼공청수 때문이야 아니면 그 아가씨들 때문이야."

서기원은 순간 움찔거렸지만 여전히 팔짱을 낀 채 반대쪽을 바라보고 있었다.

"한석민 전무가 공청석유는 무슨 일이 있어도 구해 준다고 했잖아. 산삼도 그렇고."

"……."

서기원은 여전히 입을 열지 않았다.

그의 등을 보는 박현의 눈매가 슬쩍 가늘어졌다.

"그 아가씨 다시 만나볼래?"

움찔.

역시나.

"흠."

박현은 묘한 신음을 삼키며 다시 입을 열었다.

"긴 생머리? 아니면 단발?"

"……."

"싫으면 말고."

박현이 몸을 돌리는데.

"단발!"

서기원의 목소리가 빠르게 튀어나왔다.

"오홍?"

그때 묘하게 비틀린 목소리가 둘 사이에 끼어들었다.

박수무당 조완희였다.

"우리 친구, 단발이 그렇게 마음에 들었어?"

조완희는 서기원의 어깨에 손을 척 걸치며 음침한 눈으로 쳐다보며 입꼬리를 말아 올렸다.

"……그건 아니어야. 그냥 현이가 미안한 마음에……."

서기원은 뭔가 변명을 하려 했지만 영 설득력은 없었다.

조완희는 서기원의 어깨를 툭 치고 박현에게 바싹 붙어 중얼거렸다.

"그나저나 이 순딩이가 그 치를 감당할 수 있을까?"

"뭐가?"

"아무리 직업에 귀천이 없다지만…… 좀 그렇잖아."

"괜찮아. 그때 부른 애들은 거기서 일하는 애들은 아니야. 연예인 준비하는 대학생들이야."

"그래?"

조완희는 고개를 끄덕이는가 싶더니.

"나는 생머리!"

갑자기 소리를 버럭 지르며 박현의 두 손을 꼭 잡았다. 그리고 서기원보다 더 반짝이는 눈으로 박현을 쳐다보았다.

"에라이!"

박현은 조완희의 뒤통수를 한 대 퍽 치고는 집 안으로 들어갔다.

*　　　　*　　　　*

거실에 박현은 호효상과, 호진석, 호태성, 그리고 한석민 전무와 월화랑 김월이 함께 자리하고 있었다.

호효상을 필두로 호족이 다시 한 자리를 차지한 이유는 다름 아닌 복수 때문이었다.

어린 전사 두 명이 중상을 입고 사경을 헤매다가 결국 목숨을 잃었다고 했다. 당연히 호족 전사들은 분노했고, 복수를 위해 이 자리에 다시 앉은 것이었다.

"호족 전사들은?"

박현의 물었다.

"거동이 불편한 중상자 넷을 제외하고는 모두들 기력을 찾았습니다."

호효상이 분노를 애써 누르는 기색이 역력했다.

"월화랑은?"

"사상자 여섯을 제외하면 문제없네."

김월도 호효상의 표정과 별반 다르지 않았다.

월화랑은 다섯 명이 죽고, 한 명이 여전히 생사를 오가고 있었기 때문이었다.

박현은 고개를 끄덕였다.

"그래도 전력의 차이가 꽤 나."

김월의 표정이 살짝 어두워졌다.

"둘을 합쳐도 화랑문 전력의 절반에도 미치지 못하네."

한석민 전무가 현 상황을 덧붙였다.

"그 점은 걱정하시지 않아도 될 듯싶습니다."

호진석이 조용히 끼어들었다.

"……?"

"……?"

"족장님께서 진정한 전사들을 이끌고 오시고 계십니다."

"아!"

"아―."

호진석의 말에 김월과 한석민 전무의 얼굴이 밝아졌다.

"귀한 약을 내주셨다고 들었습니다, 감사합니다."

호진석이 자리에서 일어나 깊게 허리를 숙이며 감사의 뜻을 전했다.

명백하게 선을 그은 그의 행동에도 박현의 표정은 그다지 변화가 없었다.

"괜찮아."

대답을 하는 박현의 표정은 의외로 가벼웠다.

그 변화를 눈치를 챈 것은 호효상이었다.

"보스."

호효상의 부름에 박현의 얼굴이 묘하게 굳어졌다.

"이런."

박현은 묵직하게 숨을 내쉬며 고개를 들어 천장을 올려다보았다.

피식 소리 없는 웃음이 흘러나왔다.

그 웃음은 왠지 시원했다.

박현은 고개를 내려 호효상을 쳐다보았다.

"효상이."

박현은 한 번도 부른 적 없었던 그의 이름을 불렀다.

"예, 보스."

"나는 그대들의 보스가 아니라고 말을 한 거 같은데."

"말은 그렇게 하셨지만 우리를 도와주시지 않으셨습니까?"

호효상이 따지자 박현은 난처한 듯 이마를 긁었다.

"형님."

호진석이 그런 호효상을 말렸다.

"보기와 달리 참으로 고지식하군."

박현은 호효상을 쳐다보았다.

"그건 말이야."

호효상은 박현의 눈을 피하지 않았다.

"본의 아니게 내 일에 끼어들게 만들었고, 그에 대한 사죄의 의미야."

"……."

"본인은 백호가 아니야. 그대도 봤잖아, 나의 또 다른 모습을."

박현은 팔짱을 끼며 의자 등받이에 몸을 기댔다.

"무엇 때문에 본인에 대한 의리를 떠올렸는지 모르지만, 아닌 건 아닌 거야. 그대는 소족장이지. 호족을 책임 져야지, 안 그래?"

박현은 말을 마무리하며 시선을 호진석에게 옮겼다.

호진석은 희미하게 고개를 끄덕였다.

"그리고 말이 나온 김에."

박현은 김월을 쳐다보았다.

"월화랑."

박현의 호명에 김월의 눈가가 슬쩍 찌푸려졌다. 호칭이 상당히 거슬렸기 때문이었다. 가족으로 묶여 형님까지는 바라지 않아도 적어도 '님' 자는 붙여 줄 줄 알았기 때문이었다.

하지만 박현은 싸움을 승리로 이끈 후 확실하게 자신을 아래로 두었다.

머리로는 승복하지만 여전히 마음은 그렇지 않았다.

더불어 박현도 그런 감정을 알아차렸다.

그래서 오히려 편했다.

"본인은 그대들에게 어떤 사람인가?"

"······그야, 이제 한 가족이 아닌가?"

김월은 그다지 고민하지 않고 대답했다.

"가족이라."

그 대답에 박현의 눈이 차갑게 식었다.

"가족이라는 이름 아래 나를 품겠다라."

박현의 말에 김월과 한석민 전무는 순간 당황했다.

"웃겨서 말이 안 나오는군."

박현은 김월과 한석민 전무를 빤히 쳐다보았다.

"이봐. 우리는 가족이 되기 위해 싸운 게 아니야. 서로가 서로를 잡아먹으려고 싸웠던 거지."

정곡이 찔리자 둘의 얼굴이 순간 구겨졌다.

"결국 그대들은 그걸 받아들이지 못한 거고. 피곤함은 사양하지."

박현은 자리에서 일어났다.

"어찌되었든."

박현은 앉아 있는 다섯 명을 바라보았다.

"월화랑과 호족이 손을 잡는다면 서로 원원할 수 있을 거야. 그리고 산삼공청수면 내 할 도리는 다 한 것 같군."

박현은 호효상을 보며 싱긋 웃음을 지어 보였다.

"보스!"

"박 경위!"

호효상과 김월이 동시에 자리에서 일어나며 그를 불렀다.

"책임지지 못할 말은 하지 마."

박현은 호효상에게 짧게 말하고는 고개를 돌려 김월과 한석민 전무를 쳐다보았다. 호효상에게 담담한 미소를 보인 것과 달리 그들을 바라보는 눈빛은 차가웠다.

"박 경위? 봐. 그대들에게 나는 여전히 박 경위야. 이제 솔직해져도 되잖아."

"앞으로는 달라지지 않겠는가?"

한석민 전무도 다급히 자리에서 일어나며 박현을 설득했다.

"아니. 나는 그대들과 같은 이들을 잘 알아. 안 달라져. 이 상황 자체가 변하지 않는 이상."

박현은 뭔가 말을 이으려는 한석민을 향해 손을 들었다.

"뭐, 솔직히 본인이 하겠다고 하면 할 수 있겠지. 하지만 그 안에서 불안이 싹틀 것이고, 그게 쌓이면 어떻게 될까? 한 전무의 말처럼 바뀔 수도 있지만 안 바뀌면?"

질문의 형태였지만 박현은 누구의 대답도 듣지 않고 말을 이었다.

"쌓이고 쌓이면 그 결과는 언젠가 부메랑이 되어서 돌아오지. 그리고 다치는 이는 다름 아닌 본인이고."

"……"

"……"

"나는 본인을 위하는 이들도 아닌 이들을 위해 희생하고 싶은 마음은 없어. 다들 그렇지 않나?"

박현의 말에 그들의 표정이 굳어지거나 일그러졌다.

"마지막으로. 본인이 이 모든 상황을 주도한 건 맞는데, 여기서 끝내. 서로가 서로를 이용한 건 매한가지잖아. 그리고 결과도 그리 나쁘지만은 않고. 그러니 적어도 웃으며 헤어지자고."

박현은 호효상을 쳐다보았다.

"솔직히 그대에게는 미안한 마음이 없지 않아."

그리고 그를 향해 정중하게 고개를 숙여 사과했다.

"지금의 그 진심도 고맙고. 하지만 우리의 인연은 여기까지야."

박현은 고개를 돌려 한석민 전무를 쳐다보았다.

"한설린에 관한 문제는 내 진지하게 고민해 보지. 그녀는 나에게도 도움이 되는 부분이 있으니까. 노파심에 말하는 건데, 혹시나 하는 마음은 가지지 마."

박현은 몸을 돌리다가 다시 고개를 틀었다.

"웃으면서 헤어지자는 뜻으로 선물 하나 주지. 빈집털이 해 봐. 결과가 제법 쏠쏠할 거야. 그리고 해 지기 전까지 돌아들 가주시고."

박현은 손을 흔들며 거실을 나와 마당으로 나왔다.

"괜찮아?"

바로 현관문 밖에 서 있던 조완희가 박현의 팔을 툭 치며 물어왔다.

"괜찮아야?"

서기원이 반대편에 서며 걱정 어린 목소리로 물었다.

"나쁠 건 또 뭔데?"

박현은 어깨를 으쓱였다.

무정하다고 해야 하나 매정하다고 해야 하나?"

조완희는 아무렇지 않아 하는 박현을 보며 고개를 저었다.

"못 먹는 떡은 먹는 게 아니야. 억지로 먹으면 체해."

천연덕스러운 박현의 말에 조완희는 피식 웃음을 터트렸다.

"왜, 우리는 먹을 수 있는 떡이냐?"

조완희.

"그래도 너희 둘이 있어 좋기는 하네."

박현은 기지개를 켜며 웃음을 지었다.

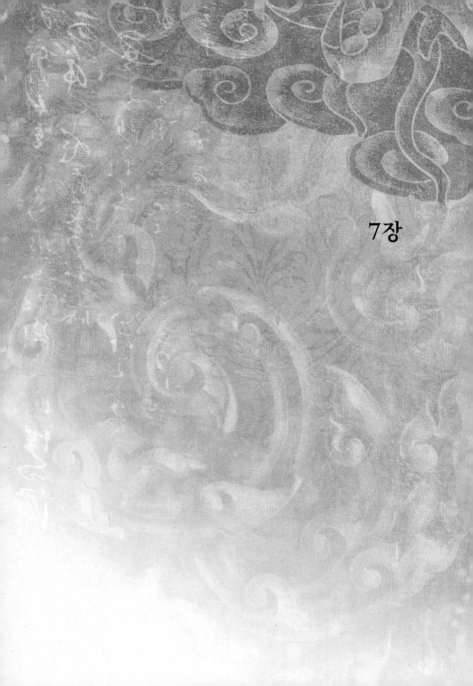

7장

"팀장님, 이거."

박현은 새하얀 봉투를 강철민 팀장에게 내밀었다.

"뭐냐 이거?"

인터넷으로 신문 기사를 읽고 있던 강철민 팀장이 고개를 돌려 책상 위에 올려진 봉투를 내려다보았다.

봉투 겉면에는 '사직서' 세 글자가 적혀 있었다.

건성으로 봉투를 바라보았던 강철민 팀장은 화들짝 놀라 박현과 봉투를 번갈아 쳐다보았다.

"뭐야?"

"뭐긴 뭡니까? 사직서죠."

박현은 별일 아니라는 듯 심드렁하게 대답했다.

"누구 거야?"

강철민 팀장은 봉투를 열며 물었다.

"누구 거는 누구 겁니까? 제 거죠."

"뭐?"

강철민 팀장의 목소리가 갑작스럽게 커졌다.

"아우, 깜짝이야. 귀 안 떨어졌어요."

박현은 인상을 찌푸리며 새끼손가락으로 귀를 후볐다.

"지금 나랑 장난하냐?"

"장난 아닙니다."

"왜 뜬금없이 사직서……. 혹시 결혼하냐?"

강철민 팀장이 눈을 가늘게 만들며 박현을 올려다보았다.

"결혼은 무슨. 제가 전에도 말했지만 한 경위와 저는 아무 사이도 아닙니다."

"아 이 새끼, 똘끼가 있는 건 알고 있었지만."

강철민 팀장은 상의 주머니에서 담배를 꺼내 입에 물었다.

"금연인데요."

"이 상황에 금연은 무슨."

강철민 팀장은 보란 듯이 담배에 불을 붙였다.

"언제까지 서 있을 거야? 앉아."

강철민 팀장은 근처 의자를 발로 끌어당겼다.

"이유가 뭐야?"

박현이 자리에 앉자 강철민 팀장이 진지하게 물었다.

"일신상의 이유라고 하죠."

"일신상은 지랄."

강철민 팀장은 박현에게 담배를 내밀었다.

"아이구야, 우리 짠돌이 형님이 웬일이시래."

박현은 그의 담배를 하나 건네받아 입에 물었다.

"진짜 그만두려는 이유가 뭐야?"

재차 질문에 박현은 그냥 웃음으로 때웠다.

"진짜 한 경위 때문은 아니고?"

"맞으면 맞다고 하지, 아닙니다."

"흠, 후우—."

강철민 팀장은 침음과 함께 담배를 한 모금 내뱉었다.

"뭐 안 좋은 일이라도 생긴 거야?"

"안 좋은 일이라면 안 좋은 일이고, 좋은 일이라고 하면……, 좋다고 할 수 있나?"

애매한 대답에 강철민 팀장은 이마를 찌푸리며 뺨을 쓸어내렸다.

"뭔가가 있긴 있는 모양이구나."

"있기는 있죠."

"그걸 말해 줄 수는 없고."

그 물음에 박현은 고개를 끄덕였다.

"범죄나 그런 일에 휘말린 건 아니지?"

더욱 진지해진 강철민의 목소리.

박현은 고개를 다시 끄덕였다.

"이거 참."

강철민 팀장은 고개를 뒤로 젖히며 한숨을 내쉬었다.

"일단 이렇게 하자."

강철민은 팀장은 다시 몸을 일으켜세웠다.

"무슨 일인지 몰라도 석 달. 석 달 동안 무급 휴가로 가. 그 안에 해결되면 다시 복직해. 어때?"

"……."

박현은 쉽사리 대답하지 않았다.

"그렇게 해, 인마."

강철민 팀장은 박현의 정강이를 발로 툭 찼다.

"알겠습니다."

"석 달이다. 뭐 조금 더 시간을 끌어 보겠지만……."

"신경 써 줘서 고맙습니다."

"뭐 우리 사이에. 평생 안 볼 사이도 아니잖아."

"당연하죠."

박현은 자리에서 일어났다.

"그냥 갈라고?"

"어색하게 인사하는 것도 그렇고요. 말이나 잘해 줘요."

"알았어. 너 무급 휴가다."

강철민 팀장은 사직서를 흔들며 책상 서랍에 던져 넣었다.

"네."

"꼭 다시 보자."

그 말에 박현은 손을 휘휘 저으며 강력팀 사무실을 나갔다.

"평생 경찰로 편안하게 먹고살 거라는 놈이."

강철민은 다시 담배를 입에 물었다.

*   *   *

"시원섭섭하겠다."

밖으로 나오자 박수무당 조완희가 옆으로 다가왔다.

"뭐……."

박현은 고개를 돌려 일산경찰서 건물을 올려다보았다.

그의 말대로 시원섭섭했다.

시원함보다는 섭섭함이 컸지만.

"그래 이제 뭐할 거야?"

"용병."

"어?"

"용병 한번 뛰어볼까 해."

조완희의 미간이 슬쩍 좁아졌다.

"용병은 왜?"

"어떻게 보면 너무 안이하게 이면을 대했던 것 같기도 하고. 살아남으려면 힘도 키워야 하지만, 이면에 대해 확실하게 파악해 둘 필요가 있으니까."

"흠."

조완희는 갑자기 팔짱을 끼며 묵직한 신음을 흘렸다.

"왜?"

"나도 용병 일이나 해 볼까 싶어서."

"음?"

박현은 눈을 동그랗게 뜨며 조완희를 쳐다보았다.

"네가?"

"왜, 나는 못할 거 같아 보이냐?"

"그거보다 못 하는 거 아니야? 너 무문 소속이잖아."

"용병으로 뛰면 안 된다는 규칙은 없다. 대부분 체면도 있고, 가문 위주의 돈벌이가 더 크니 굳이 할 필요도 없기도 하고."

"……."

"그리고 용병 일이나 무당으로 먹고 사나 그게 그거 아니겠나?"

"하하하."

박현은 웃음을 터트렸다.

"그래서 할라고?"

"둘이는 그렇고, 깨비도 한번 꼬셔 봐야지. ㅎㅎㅎㅎㅎ."

조완희는 음침한 웃음을 터트렸다.

박현은 고개를 절레절레 저으며 차에 올라탔다.

"근데 너 진짜 안 물어본다."

"뭘?"

"화랑문, 호족."

조완희의 말에 박현은 담담히 시동을 걸었다.

"너 무사히 온 거 보면 잘 처리되었겠지."

"헐~."

"아니야?"

"맞아."

"그럼 됐지. 이제 나랑 상관없는 일이야."

박현은 차를 몰아 경찰서를 빠져나갔다.

*   *   *

또각 또각 또각— 딸랑~

하이힐 특유의 소리와 함께 커피숍 문이 열렸다.

화려하지는 않지만 수수하지도 않은 투피스 세미정장을 입은 한설린이 안으로 들어왔다.

그녀는 천천히 커피숍 내를 살폈다.

그리고 구석에 앉아 있는 박현을 발견하자 환한 미소가 지어졌지만 그녀의 걸음은 결코 빠르지 않았다.

"저 왔어요."

한설린은 원래 자신의 자리였던 것처럼 자연스럽게 그의 앞에 앉았다.

"생각보다 건강해 보이네."

박현은 한설린의 얼굴을 살폈다.

병색이 언뜻 보였지만 화장에 묻혀 그다지 표가 나지 않았다. 오히려 수척한 얼굴은 뭇 남성들에게 보호본능을 자극했다.

"여전히 아파요."

"생각보다 좋아는 보여."

한설린은 주변이 화사해지는 맑은 웃음을 지었다.

"오빠한테 그간 이야기를 들었어요."

"서로 바라보는 것이 다르니 어쩔 수 없지."

"이해해요. 우리 가족이라서가 아니라 누구든 쉽게 변하지는 않으니까요."

박현은 고개를 끄덕였다.

"무얼 드릴까요?"

그때 점원이 다가왔다.

"아메리카노 한 잔 주세요."

점원이 주문을 받고 커피를 내올 때까지 둘 사이에 침묵이 이어졌다.

"그건 그렇고. 정말 많이 바뀌었군. 볼 때마다 변해서 같은 사람인가 헷갈려."

한설린이 커피 잔에 손을 가져갈 때 박현이 먼저 침묵을 깼다.

"아파 보고 죽어 보니 느껴지는 게 있더라구요."

"그래?"

"네."

한설린은 방긋 웃으며 커피를 마셨다.

"무엇을 느꼈는데?"

"당신에게 사랑을 갈구하겠지만 구걸은 하지 않으려구요."

"음."

"당당히 쟁취하려고요."

박현은 피식 웃음을 흘리며 커피를 마셨다.

"어쨌든 당찬 그 모습이 나에게는 가장 좋은 인상이기는 했어."

"캐릭터를 잘 잡아서 다행이네요."

박현은 커피잔을 내려놓으며 그녀를 바라보았다.

"네게 제안할 것이 있어."

"말씀하세요."

"제안은 아닌가? 어쨌든."

박현은 잠시 생각을 하는가 싶더니 그냥 말을 쭉 이어 나갔다.

"어제 경찰서에 사표 제출했다."

한설린의 눈동자가 살짝 커졌다.

"철민 형님이, 팀장님이 3개월 유예를 주기는 했지만 돌아갈 일은 아마 없을 테고."

"그럼?"

"일단 용병 일을 시작할 거야. 좀 더 알아야겠어, 이면이라는 곳을."

박현은 미지근해진 커피로 목을 잠시 축이며 말을 이었다.

"그리고 평범하게 살아갈 수 없다는 것도 깨닫기도 했고. 자칫 어떤 일에 휘말렸다가는 주위에 큰 피해를 줄 수도 있으니까."

"그래서요?"

"함께하려면 함께해."

"왜죠?"

한설린이 물었다.

"너는 내게 도움이 되니까."

"흐응."

한설린은 묘한 콧소리를 내더니 손으로 턱을 괴고 박현을 쳐다보았다.

"함께라니 좋네요."

그리고 미소를 보였다.

하지만 이어진 박현 말은 매정하기 그지없었다.

"용병의 일은 항상 위험하고 더럽지. 그리고 나는 너를 책임지지는 않을 거야."

박현은 한설린의 눈을 빤히 쳐다보았다.

"일부러 위험한 곳으로 데리고 다니지는 않겠지만 설상 위험한 일이 닥친다고 해도 네 목숨은 네가 지켜야 한다는 소리야."

그 말에 한설린은 오히려 미소를 더욱 진하게 지었다.

"함께라는 게 더 중요해요. 함께하지 않으면 가뭄 속에 타들어가는 풀처럼 말라죽을 테니까."

"그래?"

"네."

박현은 자리에서 일어났다.

"벌써 일어나시게요?"

"뚜렷한 일정이 나오면 다시 연락하지."

한설린도 자리에서 일어났다.

"그냥 가시게요?"

"……?"

"밥이라도 먹어요, 우리."

"다음에."

박현이 자리를 뜨고, 유리창 너머로 사라지자 한설린은 풀썩 의자에 주저앉듯 앉았다.

"하아—."

깊은 한숨이 그녀의 입에서 흘러나왔다. 그리고 그녀의 몸은 파르르 떨렸다. 떠는 손바닥 안은 땀으로 흥건했다.

　　"대대로 우리 가문의 무녀들은 사랑을 갈구하지
　　않았다. 신에게는 수많은 여인들이 존재할 수밖에
　　없다. 쟁취하거라. 당당하게."

신비선녀의 조언.

"그러려고요, 이모할머니."

한설린은 주먹을 꼭 말아 쥐었다.

"후우—, 후우—."

눈을 감고 연거푸 숨을 내쉬자 진정이 되었는지 떨리는 몸이 진정이 되었다.

"안 놓쳐. 너는 내 남자야."

한설린의 눈에서 푸르스름한 신기가 감돌다가 사라졌다.

*　　　*　　　*

"하자!"

박수무당 조완희.

"음……."

도깨비 서기원.

"하자!"

"음……."

"하자, 이 망할 도깨비야!"

조완희는 소리를 버럭 질렀다.

"움메!"

서기원은 화들짝 몸을 떨며 뒤로 넘어갔다.

"추읍!"

서기원은 입가에 묻은 침을 닦으며 자리에 앉았다. 그 사이 눈곱이 낀 눈을 바라보며 조완희의 눈초리가 치켜세워졌다.

"잤냐?"

"누가? 누가? 누가 잤어야?"

서기원은 주변을 두리번거렸다.

"이 망할 놈아! 이 중대하고 중차대한 이야기를 나누는데 잠이 오디? 엉? 잠이 와?"

조완희는 앉은 자세에서 발을 올려 서기원의 옆구리를 푹푹 찼다.

"나 안 잤어야!"

서기원이 조완희의 발을 탁탁 치며 항변했다.

"눈에 낀 눈곱이나 떼고 그러던가? 이 망할 놈아!"

조완희는 서기원의 옆구리에 발을 꽂아 넣었다.

"헤헤."

서기원은 슬쩍 뒤로 물러나 눈에 낀 눈곱을 떼며 웃음으로 이 상황을 무마하려 했다.

"그래서 어쩔 거야?"

"뭐를야?"

아무것도 모른다는 서기원의 말에 조완희는 조용히 자리에서 일어났다.

"검 넣자."

박현이 찻잔을 들며 말했다.

"히익~ 워메, 워메."

조완희의 손에 들린 곡도를 보자 서기원이 화들짝 박현의 뒤로 숨어들었다.

"나와 완희는 용병 일 시작할 거야. 너는 어떻게 할 거야?"

"해야."

서기원은 뭘 물어보냐는 듯 바로 대답했다.

오히려 조완희가 눈을 껌뻑이며 잠시 그 뜻을 이해하려고 노력하고 있었다.

"그게 그렇게 쉽게 대답할 수 있는 거였냐?"

조완희가 서기원에게 물었다.

"뭐가 어려워야. 때려치우든가 아니면 휴직계를 내면 돼야. 나 아니어도 하고 싶은 신들 많아야."

서기원은 고개를 돌려 박현을 바라보며 헤헤거렸다.

"그러면 이제 우리 같이 있는 거여야?"

"아마도 함께 하는 시간이 많아지겠지."

"재수 없는 놈 하나만 아니면 정말 멋진 짝패일 터인데, 좀 아쉽기는 해도 좋아야. 재수 없어도 친우니까 내 넓은 마음으로 끼워 줘야."

"너도 적당히 해."

박현은 서기원을 가볍게 타박하고는 자리에서 일어났다.

"나 마음 넓어야. 그래서 재수 없어도 함께 놀아 주는 거여야."

"그래, 그래."

박현은 고개를 끄덕이며 신당을 나와 자신의 집으로 향했다.

그리고.

스르릉—

조완희는 곡도를 뽑아들었다.

"재수 없는 게 성질도 더러워야! 우와아앗! 깨비 살려야!"

*　　　*　　　*

어둠이 내려앉은 밤.

박현은 거울 앞에 섰다.

검은 청바지, 검은 티, 그리고 검은빛 가죽 자켓.

박현은 시선을 내려 손에 들린 검은 가면을 내려다보았다.

호랑이 얼굴이 각인된 철가면, 박현의 또 다른 얼굴 암호였다.

전과 달라진 것이 있다면 그 가면 안에 부적이 덕지덕지 붙어져 있다는 것이었다.

조완희가 정성스럽게 발라준 부적들이었다.

그의 부적은 살갗을 벗겨내지 않는 이상 얼굴에서 벗겨

지지 않게 만들어 주며, 더불어 어느 정도의 방어력도 상승
시켜 주었다.

　　"적어도 네가 죽기 전까지 그 가면이 벗겨지는 일
　　은 없을 거야."

거들먹거리는 조완희의 목소리가 머릿속으로 떠올랐다.
그 목소리가 밉지 않다. 그저 쑥스러움을 감추는 그의 투박
함일 뿐이었다.

피식 절로 웃음이 지어졌다.

그리고 박현은 그가 손을 본 암호 가면을 얼굴로 가져갔
다.

스슷—

뭐라고 해야 할까.

마치 물에 얼굴을 넣는 느낌? 아니면 거대한 거머리가
얼굴 가득 달라붙는 느낌?

하지만 묘한 느낌 뒤에 이거 하나는 확실하게 느껴졌다.

얼굴과 가면은 완전히 하나로 동화되었다는 것을.

"좋군."

박현은 검은 모자를 깊게 눌러썼다. 가면은 얼굴을 반쯤
가린 형상이라 모자를 깊게 눌러쓰면 가면을 썼는지 안 썼

는지 구분하기 어렵다.

박현은 조용히 집을 나갔다.

그가 향한 곳은 바로 암시장으로 향하는 백화점.

백화점 영업은 끝이 났지만 그렇다고 해서 암시장마저 문을 닫은 것은 아니었다. 박현은 조완희에게서 이미 들은 대로 직원들이 드나드는 통로를 이용해서 암전으로 들어올 수 있었다.

'눈에 보이는 이곳이 다가 아니었단 말이지?'

박현은 암전 입구에 서서 곧게 뻗은 복도로 걸음을 내디 뎠다. 얼마 가지 않아 제법 큰 공간이 나왔고, 아담한 분수 가 보였다. 분수를 중심으로 네 방향으로 길게 뻗은 복도가 나 있었다.

박현은 분수를 중심으로 왼쪽으로 길게 뻗은 복도로 고 개를 돌렸다.

"흠."

자그만 신음.

시야 끝에는 화려한 유리문이 있었고, 그 투명함 너머로 또 하나의 도시가 펼쳐져 있었다. 박현은 저도 모르게 굳어 진 표정에 잠시 흠칫했다가 곧바로 가면으로 가려진 자신 을 깨닫고 이내 피식 웃음을 삼켰다.

박현은 좀 더 여유를 가지고 마치 백화점 입구처럼 생긴 유리문을 열고 밖으로 나갔다.

'백화점 같은 곳이 아니라 백화점이었군.'

박현은 고개를 돌려 자신이 나온 건물을 잠시 올려다보았다.

높이는 대략 5층.

박현의 눈은 백화점 옥상을 지나 더 위로 올라갔다.

푸른 하늘.

아니 하늘은 아니었다.

구름도 없고, 태양도 없었다.

푸른빛을 띤 얇은 천을 천장 가득 펼쳐놓은 것처럼 느껴졌다.

그래서인지 이곳이 야외인지, 아니면 또 다른 실내인지 아리송했다.

'쓰잘머리 없는 고민이군.'

박현은 고개를 돌려 길게 뻗은 건물들을 쳐다보았다.

도시라고 하기에는 작아 보이고, 마을이라고 하기에는 좀 커보였다. 어느 지방 소도시 아담한 읍내를 보는 듯한 느낌이었다.

시장과 번화가를 반씩 섞어놓은 느낌이랄까.

차도가 없는 것을 보면 차나 오토바이 같은 이동 수단은 없는 듯했다. 그거 하나는 마음에 들었다.

대략 분위기를 살핀 박현은 주변 건물을 살폈다.

'일단 들러야 할 곳이 용병회사라고 했던가?'

조금 떨어진 곳에 둥근 원 안에 韓(한)이라는 글자와 그 옆으로 용병이 적혀 있는 커다란 간판을 가진 3층 건물을 발견했다.

조금은 어수선한 밖과 달리 회사 내부는 은행처럼 깔끔했다.

"어떤 일로 오셨습니까?"

청원경찰처럼 정복을 입은 사내가 다가왔다.

"용병 등록하러 왔습니다."

그 말에 사내는 익숙한 듯 길을 안내했다.

"저쪽 창구로 가시면 됩니다."

비어 있는 한 창구를 가리켰다.

박현은 가볍게 고개를 숙여 인사를 건네며 창구로 향했다.

"어떻게 오셨습니까?"

스물 초반의 앳된 여직원이 싱긋 웃으며 박현을 맞이했다.

"용병증을 발급받으려 합니다."

"네. 잠시만요."

여직원은 컴퓨터를 몇 번 두들기더니 모니터 뒷면의 카

메라를 가리켰다.

"모자 벗으시고, 카메라 봐주세요."

그 말에 박현은 모자를 벗고 카메라를 응시했다.

"가면을 쓰셨네요."

여직원이 사무적으로 웃으며 말했다.

"벗어야 합니까?"

"괜찮아요. 대신 용병증은 본인이 아닌 가면에 귀속됩니다. 그 이유는 말씀하시지 않아도 아시죠?"

가면을 벗어야 하는 거면 어떻게 하나 싶었는데.

"이해했습니다."

"그럼 사진 찍을게요."

그 말에 박현은 다시 카메라를 다시 쳐다보았다.

몇 초 지나지 않아.

"됐습니다. 성함이 어떻게 되세요?"

이름은 이미 정해져 있었다.

"암호."

"암호?"

"어두울 암에 호랑이 호."

"네."

여직원은 모니터를 보며 키보드를 몇 번 두드리고 마우스를 이리저리 움직였다.

지이잉—

잠시 후 프린터와 비슷하게 생긴 물건이 소리를 내더니 주민등록증과 비슷한 크기의 플라스틱 증을 내뱉었다.

용병증일 것이다.

여직원은 그것을 자그만 쟁반에 담아 박현에게 건넸다.

"……?"

받아 든 용병증은 황당하기 짝이 없었다.

구리색.

그게 다였다.

이름도 안 적혀 있었고, 사진도 없었다.

그 흔한 글자도 없었다.

뒤집어 봐도 매한가지였다.

박현은 여직원을 쳐다보았다.

"이상할 거 없어요. 특수 처리된 거라 눈으로 볼 수 없을 뿐이에요."

여직원은 몸을 살짝 일으켜 세워 스캐너 같은 것을 가리켰다.

"저기 아래 카드를 넣어보세요."

박현은 그녀의 말대로 자신의 앞에 놓인 기계에 카드를 넣었다.

그러자 기계 위에 달린 모니터에 자신의 사진과 이름이

떠올랐다.

　　이름　암호

　　소속　한국

　　등급　C

그 아래의 사각 틀 안은 공란으로 비워져 있었다.

"정식 의뢰를 거치면 의뢰 내용과 결과가 채워질 거예요."

박현은 그녀의 설명을 들으며 고개를 끄덕였다.

"정식을 언급하는 것을 보면……."

"저희 용병회사를 거치지 않으면 저희야 그 내용을 알 수 없지요."

여직원은 한쪽 눈을 감아 윙크했다.

공공연한 비밀이리라.

"그렇군요."

"그리고 여기."

여직원은 에이포 반만 한 크기의 종이 한 장을 건넸다.

곰곰이 읽어 보니 폰에 어플을 하나 깔라는 것이었다. 문제는 그냥 평범하게 다운받아서는 안 되고 그 절차와 가입이 꽤나 복잡했다.

"여기서 하시는 걸 추천해요."

박현은 고개를 끄덕이며 간간이 여직원에게 물어가며 어플을 깔고 회원 가입을 했다.

"폰맹은 아니시죠?"

여직원의 물음에 박현은 고개를 끄덕였다.

"그럼 끝났습니다."

"수고하셨습니다."

박현은 자리에서 일어나 용병회사를 빠져나왔다.

'일단 돌아다녀볼까?'

분위기를 익힐 겸 박현은 용병회사 건물을 끼고 골목으로 들어섰다. 골목을 지나니 흥미가 이는 술집이 하나 보였다.

'스워드(sword).'

간판에는 서양의 투 핸드 소드와 동양식 도(刀)가 나란히 교차되어 있었다.

박현은 그곳으로 들어갔다.

술집은 카운터에서 바로 계산하고 술을 마시는 웨스턴 스타일의 펍이었다.

"못 보던 친구인데."

얼굴을 가로지르는 칼자국이 선명한 중년 사내가 다가와 섰다.

"여기 뭐가 있습니까?"

"없는 거 빼고는."

중년 사내는 하얀 이를 드러내며 히죽 웃었다.

"맥주 한 잔."

"알았어. 잠시 기다려."

중년 사내는 큼지막한 잔을 꺼내 잔을 가득 채워 가져왔다.

"오만 원."

박현은 중년 사내를 쳐다보았다.

"여기는 그 정도 해."

박현은 고개를 끄덕이며 지갑에서 오만 원권 한 장을 꺼내 내밀었다.

"이야. 현금도 또 오랜만이네."

중년 사내, 사장은 오만 원 지폐를 손가락으로 툭툭 친 후 주머니에 넣었다.

"이봐. 초보 양반."

"말씀하시죠."

"일단 은행부터 가."

"은행?"

"여기에 왔다는 것은 용병이라는 소리고. 그럼 용병증 있을 거 아니야."

박현은 고개를 끄덕였다.

"용병 회사 맞은편에 은행이 있어. 거기에 가서 용병증으로 카드 하나 만들어."

"……."

"앞으로 용병 일로 먹고 살든 아니든 이면에 발을 들였으면 이면 계열의 은행에 계좌 하나 터놓는 게 여러모로 편해."

"고맙습니다."

"그리고."

"……?"

"여기가 왜 비싸냐 하면 안전하니까. 그렇다고 마음 너무 놓지는 말고. 세상에는 드러나지 않은 죽음도 많으니까. 아무도 모르면 누구도 알 수 없지."

사장은 씨익 웃어 보이고는 제목을 알 수 없는 드라마가 방영되는 TV 쪽으로 걸어갔다.

"이거 참."

'은행부터 가야겠군.'

박현은 단숨에 잔을 비우고 술집을 나왔다.

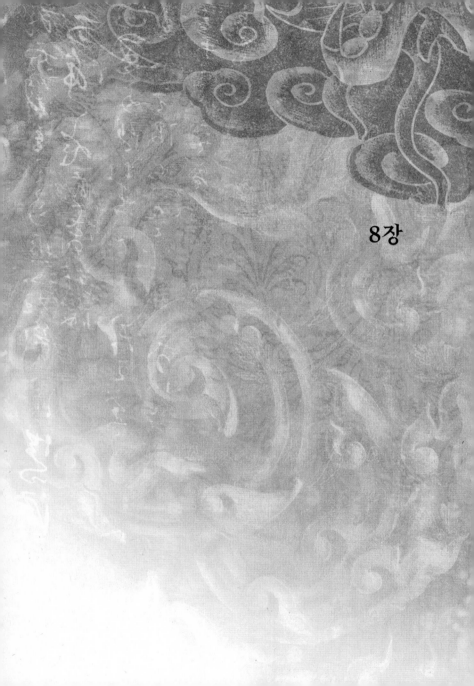

8장

'이거 참.'

박현은 특이할 것 없는 신용카드를 손 안에서 빙그르 돌렸다. 구리색 용병카드를 주자 은행에서 원하는 은행이나 카드사를 말하라고 하더니 이렇게 만들어 주었다.

누가 봐도 시중 은행 신용카드였다.

위장인지, 아니면 연계인지 모르겠지만, 그냥 쓰면 된다.

한(韓) 용병, 한(韓) 은행.

한국 권역의 용병회사와 은행이었다.

이면의 용병 회사가 단지 하나라고 생각했는데 그게 아

니었다.

은행 또한 마찬가지였다.

나라 혹은 권역 별로 하나 혹은 두셋의 용병 회사와 은행 *들이 있으며, 현대의 사회 시스템처럼 서로 연계되어 있지만 각각 독립 구조라고 했다.

쿵!

바 테이블의 묵직한 소리가 박현의 상념을 깨트렸다.

"안 시켰습니다만."

"초보 딱지를 뗀 자네에게 내가 주는 선물이야."

사장이 히죽 웃으며 맥주잔을 박현에게로 휙 밀었다.

맥주잔은 넘칠 듯하면서도 넘치지 않고 박현 앞으로 주르르 밀려와 멈췄다.

박현은 그 맥주잔을 내려다보았다.

"처음이자 마지막인 공짜 술이니까 음미하면서 마시라고."

박현은 희미하게 미소를 그리며 맥주잔을 들었다.

시원하게 한 모금 마신 후 다시 잔을 내려놓았다.

"이봐요, 사장."

사장은 TV쪽으로 향하던 발걸음을 다시 돌렸다.

"내가 뭘 먼저 하면 좋을까요?"

"……푸하하하하하하!"

사장은 박현을 멀뚱히 쳐다보다가 대소를 터트렸다.

"미안, 미안."

사장은 눈가에 맺힌 눈물을 살짝 찍으며 사과했다.

"그렇게 대놓고 물어본 이는 없어서 말이지."

박현은 그 웃음에 그저 어깨를 으쓱거렸다.

"비웃는 거 아니야. 보통 초짜는 어리숙하거나 아예 제가 제일 잘났다고 시건방을 떠는 게 보통이거든."

사장은 흥미로운 눈으로 박현을 쳐다보았다.

"지금 보면 자네는 딱 초보, 그 이상도 아니고 이하도 아니야. 초보라서 어리숙하기는 하지만."

"칭찬으로 받아들여도 됩니까?"

딱.

"맞아."

사장이 손가락을 튕기며 총 모양을 만들고는 박현을 가리켰다.

"밖에서 뭘 했는지 모르지만 그만하면 쉽게 죽지는 않겠어. 더불어 오랜만에 맥주 값이 아깝지 않게 되었고."

사장은 반쯤 빈 맥주잔을 턱으로 가리켰다.

"뭘 하고 싶은데?"

노 사장이 바 카운터에 팔을 턱 올리며 물었다.

"일단 살아남는 거?"

"푸하하하하하하하! 미안, 미안."

사장은 다시 웃음을 터트렸다.

"대답이 아주 걸작이군. 걸작이야. 살아남는다라."

사장은 까끌까끌한 턱수염을 긁었다.

"그런데 말이야. 나에 대해서 뭘 믿고?"

"사장에게서 느껴지는 상당한 위압감. 그리고 몸에 새겨진 상처. 제법 거친 삶을 살았을 것이고, 그런 삶을 산 사람이 이곳에서 장사라. 그렇다면 용병이든 뭐든 이면에서 제법 이름을 날렸을 거 같아 보입니다."

"오호."

"지금은 그런 삶에 지쳐 은퇴한 거 아닙니까? 그래서 핏덩이들을 보면 안쓰러워 축복을 담아 맥주를 한 잔씩 선물하는 거고."

짝짝짝!

박현의 말이 끝나기가 무섭게 사장은 짧게 박수를 쳤다.

"이야, 추리력이 대단한데. 뭐 완벽하지는 않지만 얼추 맞아."

"그럼 선배로서 후배에게 길을 알려 주시지요."

"거참."

사장은 손가락으로 뺨을 긁었다.

"보아하니 이제 스물 중반처럼 보이는데……, 도대체 밖

에서 뭘 하며 살았던 거야? 근데 이십 대가 맞기는 한 거
냐?"

사장은 손바닥으로 가면 흉내를 내며 물었다.

"대답해야 합니까?"

"안 해도 되지."

"……."

그 말에 박현은 그저 웃음으로 대답을 대신했다.

"노 사장."

"……?"

"이름까지는 알 거 없고, 그렇게 불러."

"그러죠."

박현은 고개를 끄덕이며 맥주잔을 들었다.

"이왕이면 님자도 붙이고."

"쿨럭!"

맥주를 마시던 박현이 가볍게 기침을 내뱉었다.

"어디 소속될 생각은 없지?"

노 사장의 말에 고개를 끄덕였다.

"그러면 무조건 회사를 통해 공식 의뢰부터 시작해."

"……."

"이거는 작지만."

노 사장은 손가락을 비벼 돈 모양을 만들어 보였다.

"안전하거든. 그러면 이곳이 어떻게 돌아가는지 감은 잡을 수 있을 거야."

"돈이 되는 건 비공식이고. 대신 위험하지."

노 사장은 어깨를 으쓱 들어올리며 TV 앞으로 향했다.

"공식 의뢰라."

박현은 스마트폰을 꺼내 용병회사 어플을 켰다.

*   *   *

"근디야."

도깨비 서기원이 조용히 지화를 접고 있는 무당박수 조완희를 불렀다.

"왜?"

조완희는 지화 한 송이를 마무리하며 서기원을 쳐다보았다.

"궁금해서야."

"뭐가?"

"현이 말이어야."

"아~, 용병?"

조완희의 말에 서기원이 고개를 끄덕였다.

"나 사직서도 준비했었어야."

함께하기로 했지만 무슨 연유인지 서기원과 조완희는 용병 일에 참여하지 않기로 결정이 났다.

"진지하게 고민을 해 봤는데."

"응."

"당장 함께하면 득보다 실이 더 많더라고."

"실? 어떤 실? 빨간 실 줄까? 파란 실 줄······."

퍽!

조완희는 양손을 축 늘어트리고 흐느적거리는 서기원의 뒤통수를 가차 없이 후려쳤다.

"꾸엑!"

"디질래?"

조완희가 다시 손을 들었다.

"아니."

서기원이 세차게 고개를 흔들었다.

"에효~ 내가 앓느니 죽지. 어쨌든 현이도, 너도 문제야."

"나야?"

서기원은 뒤통수를 어루만지며 반문했다.

"박현이 용병으로 활동하면 이제 본격적으로 이면에 백호가 등장하게 돼."

"맞아야."

"그렇다면 봉황회에서 뭔가 움직임이 있겠지."

"흠⋯⋯."

서기원은 팔짱을 끼며 고개를 끄덕였다.

"네가 그 움직임을 읽어야지. 나 역시 마찬가지고."

"이해했어야."

"우리는 따로 움직여야 더 넓게 움직일 수 있어."

"근디 말이어야."

서기원이 한 가지 의문을 표했다.

"말해."

"나, 너, 그리고 현이. 셋이 꽤 많이 함께 움직였어야. 이 거 누구라도 알아내려면 알아낼 수 있어야."

그 말에 조완희가 피식 웃음을 삼켰다.

"현이가 그것도 고려하지 않고 움직였을까."

"그럼?"

"언젠가 알려지겠지만 일단 다른 이름, 다른 얼굴로 활 동할 거야. 그때까지는 지금처럼 함께, 혹은 따로 움직여야 지."

*　　　*　　　*

"여기서 대기하고 계시면 됩니다."

검은 정장을 입은 사내의 안내를 받아 지하 사무실로 들어갔다. 그곳에는 이미 일곱 명의 사내가 저마다 편하게 소파나 의자에 앉아 있었다.

안으로 들어가자 그들의 시선이 박현에게로 쏟아졌다.

몇몇은 관심 없다는 듯 다시 시선을 거뒀지만 호기심 어린 눈으로 관찰하는 이들도 있었다.

드르륵.

그리고 종아리까지 내려오는 검은 바바리코트를 입은 사내가 일어나 박현에게로 다가왔다.

"암호?"

그 사내는 박현, 정확히는 그의 가면을 보며 물었다.

"그렇소."

나이는 대략 서른 중후반으로 보였다.

"나는 쌍수검이라고 한다."

"쌍수검?"

박현이 반문하자, 그 사내는 바바리코트를 슬쩍 들어 허벅지를 보였다. 그 허벅지에는 소도(小刀)처럼 보이는 짧은 검이 채워져 있었다.

쌍이라고 했으니 반대편 허벅지에도 또 다른 검이 있을 것이 분명했다.

"첫 의뢰라고?"

이렇게 나서는 것과 자신에 대한 기본적인 사항을 알고 있는 것을 보면 그가 이번 의뢰 대장인 모양이었다.

"계열은?"

그 물음만은 달랐다.

시큰둥하게 있던 이들도 귀를 쫑긋 세우는 모습들이었다.

"계열? 아—. 반신."

"반신?"

쌍수검의 눈이 살짝 커졌다.

그의 흥미를 자극한 모양이었다.

"새끼 말꼬리가 짧다."

시비조 목소리가 들려왔다.

소파에 누워 스마트폰으로 게임을 하던 스포츠머리 사내였다.

"거석. 시비를 걸든 술을 퍼마시든 일 끝나고 해."

쌍수검은 그를 바라보며 나직하게 으름장을 내뱉었다.

거석, 그의 이름인 모양이었다.

아니 닉네임? 이면 세계에서의 별호?

뭐 어쨌든.

거석이라는 자는 쌍수검의 경고에 입을 닫으며 다시 하던 게임에 집중했다.

"반신이면 그나마 기본은 하겠군. 어느 일족인지 말해 줄 수 있나?"

박현은 손가락으로 자신의 가면을 툭툭 건드렸다.

호랑이 가면.

그의 대답은 조금 애매했다.

호랑이 형상의 반신은 호족 외에도 장산범, 김현감호[1] 등 소수지만 여러 일족이 존재했다.

호랑이의 피가 흐른다면 최소한 제몫은 하기에 쌍수검은 더 이상 묻지 않았다.

짝짝.

"주목. 다들 모인 거 같으니."

쌍수검은 손바닥을 두어 번 쳐 이목을 집중시켰다.

"조를 짠다."

쌍수검의 말에 용병들은 그래도 조금씩 몸을 일으켜 그의 말에 귀를 기울였다.

"배달조는 나와……, 거석이 한다."

쌍수검의 말에 거석이 씨익 웃음을 지었다.

"나머지는 방패조, 각자 2인 1조로 짝을 지을 것."

"그럼 운전 및 경호는 전처럼 오성 그룹에서 맡는 겁니 까?"

수더분하게 생긴 민머리 사내가 물었다.

"맞다. 다들 숙지했겠지만 다시 한번 말하지. 이번 의뢰는 물건 배달이다. 장소는 이곳 인천 오성 연구단지에서 서울 본사까지. 그리고 혹시나 모를 적의 기습에 대해 만반의 준비를 할 것."

쌍수검은 자신의 할 말을 마치며 시계를 바라보았다.

벽에 걸린 시계는 10시 47분, 11시를 향해 가고 있었다.

"작전 시간이 11시이니 그동안 알아서 편히 쉬도록."

쌍수검은 말을 마치고는 자신이 앉아 있던 소파로 걸어가 다시 앉았다.

박현은 잠시 멀뚱하게 서 있다가 비어 있는 의자로 다가갔다.

"반갑습니다."

그가 앉자 민머리 사내가 인사했다.

멀리서는 수더분하게 생겼는데 가까이에서 보니 눈초리가 살짝 올라간 것이 어딘가 묘하게 색기가 흘렀다. 또 그런 색기와는 어울리지 않는 회색 승복을 입고 있었다.

"소승은 당래불이라 합니다."

"당래불?"

"당래불은 개뿔, 여자나 후리고 다니는 파계승이. 당래불은 저놈 혼자 우기는 거고, 그냥 불알이라고 불러. 다 그렇게 부르니까."

맞은편에 앉아 있는 구릿빛 사내가 말했다.

"어허, 망치 시주!"

당래불이 버럭 소리를 질렀다.

"나는 망치 박이야. 농문 출신이고."

사내가 망치인지 해머인지 모를 제법 묵직한 망치를 툭
툭 쳐보였다.

"암호요."

"당래불이라고 불러 주십시오."

당래불이 짐짓 눈초리를 바싹 치켜세우며 엄포처럼 느껴
지지 않는 엄포를 늘어놓았다.

"알았소."

"관세음보살—, 오랜만에 말이 통하는 시주를 만났습니
다."

당래불은 박현의 팔을 가볍게 툭 치며 친근감을 표했다.

박현은 고개를 돌려 주변을 살폈다.

일단 눈에 들어온 것은 일남일녀였다.

한눈에 보기에도 아름다운 여인과 주변은 아랑곳하지 않
고 오로지 여인에게만 온갖 정성을 쏟는 사내였다.

그리고 구석에 홀로 있는 이를 발견했다.

쌍수검과 거석, 그리고 당래불과 망치 박. 그리고 이름
모를 한 쌍의 남녀. 분위기로 보아 자신과 구석에 홀로 있

는 이를 제외하면 암묵적으로 2인 1조가 만들어진 셈이었다.

좋든 싫든 이번 의뢰에서 함께해야 할 짝이었다.

박현은 자리에서 일어나 구석으로 향했다.

"다들 짝을 짓고 남은 건 우리 둘뿐인 듯한데."

박현은 몸을 잔뜩 웅크리고 앉아 있는 이에게 말을 건넸다.

그의 말에 그는 쭈뼛쭈뼛 고개를 들었다.

'여자?'

짧은 머리를 하고 있어 남자인 줄 알았는데.

"암호요."

"……."

그 여인은 겁에 질린 눈으로 박현을 좀처럼 쳐다보지도 못하고 있었다.

"……이……."

뭐라고 말을 한 것 같은데 그 소리가 너무 작아 들리지 않았다.

"예?"

박현이 인상을 찌푸리며 다시 물었다.

"……이선화."

그녀는 진짜 모기만 한 목소리로 다시 자신의 이름을 말했고, 박현은 정말 온 정신을 귀로 집중해 겨우겨우 그녀의 이름을 들을 수 있었다.

박현은 한숨을 삼키며 그녀를 내려 보았다.

"어쨌든 당신과 나는 한 조요. 알았소?"

그 말에 그녀, 이선화도 대략 돌아가는 분위기를 알고 있었던 듯 미약하게 고개를 끄덕였다. 그녀의 행동은 가슴이 꽉 막히듯 답답하기 그지없었다.

"히익!"

힐끗힐끗 박현을 쳐다보던 이선화는 갑자기 몸을 바르르 떨더니 눈을 질끈 감으며 다리를 모아 무릎 사이로 얼굴을 파묻었다.

겁에 질린 모습.

'나 때문에?'

황당하고 어이가 없었다.

"암호."

그때 망치 박이 조용히 자신을 불렀다.

망치 박이 손짓으로 자신을 부르며 옆 자리 의자를 가리켰다.

박현은 다시 망치 박 옆으로 다가가 자리에 앉았다.

"그녀와 대화하기 힘들 거야."

"뭐, 그래 보이더군요."

박현은 쓴웃음을 지었다.

"내가 대충 알려줄게. 일단 계열은 무가이고."

무가라면 무당 계열.

"그런데 무당은 아니야. 귀신을 부려."

박현은 여전히 무릎에 얼굴을 파묻고 바들바들 떠는 이선화를 쳐다보았다.

"그런데……."

박현은 묘하게 늘어지는 망치 박의 말에 다시 그녀를 쳐다보았다.

"……?"

"귀신을 무서워해."

"예?"

"자네를 무서워하는 게 아니라 귀신을 보고 무서워하는 거라고."

망치 박은 안쓰러운 감정을 내비치며 다시 한 번 더 말했다.

귀신을 부리는데 귀신을 무서워한다.

박현의 얼굴에 어이없다는 표정이 자연스레 지어졌다.

척!

시계 바늘이 정각 11시를 가리키자 방문이 열렸다.

검은 정장을 입은 오성 그룹 경호팀 셋이 안으로 들어왔다.

"시간이 되었군."

쌍수검이 자리에서 일어나자 기다렸다는 듯이 용병들도 자리에서 일어났다.

경호팀장으로 보이는 이가 손짓을 하자 뒤에 서 있던 이가 검은 가방을 넘겼다.

이런 일이 익숙한 듯 거석이 그 가방을 넘겨받고는 가방과 연결된 수갑을 손목에 찼다. 그리고는 다른 손으로 가방과 수갑을 잇는 사슬을 당겨 보았다.

거석은 이상이 없다는 듯 고개를 끄덕였다.

"갑시다."

경호팀장의 말에 모두가 방을 나섰다.

복도는 지하 주차장으로 이어져 있었다.

지하 주차장에는 검은색 미니버스 한 대와 앞뒤로 대형 세단이 시동을 켠 채 대기하고 있었다.

"그럴 일은 희박하지만 잘 부탁하오."

경호팀장은 자그만 쪽지를 넘겼다.

쌍수검은 쪽지를 건네받으며 가볍게 악수를 나눴다.

"타자."

"모두 타."

쌍수검과 경호팀장의 말에 용병들은 미니버스로, 경호팀
은 앞뒤 대형 세단으로 올라탔다.

미니버스 내부는 생각 이상으로 좁았다.

그럴 수밖에 없는 것이 차체와 차문 모두 방탄차량을 떠
올릴 만큼 두껍기 그지없었다. 아니 어쩌면 진짜 방탄 차량
일지도 모른다는 생각이 얼핏 들었다.

쿵!

차문이 닫히자 모든 이목이 쌍수검에게로 모아졌다. 박
현도 그런 분위기에 휩쓸려 그를 쳐다보았다.

쌍수검은 품에서 쪽지를 꺼냈다.

"외우도록."

쌍수검은 쪽지를 한 번 읽고는 옆으로 넘겼다. 그 쪽지는
손에서 손으로 옮겨져 박현에게로 넘어왔다.

쪽지에는 주소 하나가 달랑 적혀 있었다.

박현은 순간 기억으로 쪽지의 주소를 외운 후 옆으로 넘
겼다.

"외운 거 맞아?"

거석은 박현이 초짜라 믿어 의심스러운 듯 재차 물었다.
그런데 시비조라 상당히 거슬렸다.

박현은 인상을 찌푸리며 그를 쳐다보았다.

"우리 만난 적이 있던가?"

박현의 목소리가 좋을 리 없었다.

"이 새끼가 건방지게."

"거석, 그리고 암호."

쌍수검이 나직하게 호통 쳤다.

"거석. 엉뚱한 데 화풀이하지 마라. 네 마음을 모르는 바
는 아니지만 다시 한번 말하는데 문제 일으키지 마."

"예."

거석은 순순히 대답을 하며 시선을 거뒀다.

"그대도."

박현은 어깨를 슬쩍 들어올렸다.

그 행동에 쌍수검이 눈매를 치켜세웠다. 대답을 똑바로
하라는 뜻.

"알았소."

"그리고 확실히 외웠나?"

쌍수검은 고개를 살짝 끄덕이며 확인했다.

"외웠소. 이래 뵈도 머리가 좋거든."

쌍수검은 고개를 끄덕이며 더 이상 묻지 않았다.

잠시 후 쪽지가 한 바퀴 돌고 쌍수검으로 돌아가자 그는
내력으로 쪽지를 태워 없앴다.

"적의 기습으로 방어 체계가 무너지면 배달지를 그 주소
로 변경한다. 그리고 완수하면 의뢰비의 열 배가 보상으로

주어진다.”

쾅쾅쾅!

말을 마친 쌍수검은 차량 지붕을 손바닥으로 몇 번 쳤다.

그 소리를 신호로 차가 꿀렁거리기 시작했다.

창문이 없어 밖을 볼 수 없지만 연신 차가 흔들리는 것을 보면 어디론가 달리고 있는 것이 분명했다.

긴장감이 팽배해질 법도 한데.

“하암—.”

여기저기서 지루함을 이기지 못한 하품들이 쏟아져 나왔다.

박현은 간간이 눈을 부라리는 거석과 몇 번 눈이 마주치기도 했다.

“신경 쓰지 마.”

망치 박.

“……?”

“두어 달 전쯤 초짜 때문에 죽지 않아도 될 친구를 잃었거든. 그래서 그때부터 신입만 보면 저래. 그래도 말만 저러지 뭐 해코지 같은 건 안 하니까 그냥 그런가 보다 넘겨.”

“그런데…….”

박현은 딱딱한 철제 등받이에 몸을 기대며 이선화를 슬

쩍 쳐다보았다.

그녀는 여전히 다리 사이로 몸을 파묻은 채 오들오들 떨고 있었다.

하지만 출발하고 나서 그녀가 보여준 장면은 실로 놀라웠다.

그녀의 주위로 수십 개의 귀광이 나타나 맴돌더니 그녀의 몸을 훑으며 사방으로 퍼져나갔다.

그 과정에서 그녀는 보기 안쓰러울 정도로 괴로워했다.

정말 비명만 안 질렀을 뿐 극한의 공포를 온몸으로 표현하고 있었다.

"불쌍한 아이야."

망치 박이 낮게 속삭였다.

망치 박은 그녀를 전매귀(田賣鬼)[2]가 되지 못한 전매귀라고 했다.

귀신을 보는 아이로 태어났지만 무당의 그릇은 타고 나지 못했다. 그렇다고 종교에 귀의할 처지도 되지 못해 전매귀가 되었다.

하지만 마음이 여리고 약해 귀신을 사고팔지 못하는 처지라 했다. 그렇게 쌓여만 가는 귀신들의 저주와 폭언을 온몸으로 버텨내고 있었다 하였다.

불쌍하지만 자신이 해 줄 수 있는 건 없었다.

삶은 본인의 것.

"무슨 걱정을 하는 건지 알겠는데 저래 보여도 나름 베테랑이야."

그의 말에 적어도 발목 잡는 일은 없겠다 싶었다.

분위기상 대화를 길게 이어갈 분위기도 아니었고, 대략적인 동료 파악이 끝나자 박현은 조용히 눈을 감았다.

그리고 얼마나 시간이 흘렀을까.

"꺄아아아악!"

이선화가 갑작스럽게 비명을 질렀다.

그 비명에 박현은 눈을 번쩍 떴다.

"니미럴."

동시에 망치 박이 나직하게 욕을 삼켰다.

박현은 빠르게 주변의 분위기를 살폈다.

은은한 살기가 차 안을 채워 나가고 있었다.

"하나, 둘, 셋, 넷……, 열, 열하나, 열둘……, 열다섯…… 서른."

이선화는 거의 울면서 숫자를 셌다.

그리고 그 숫자는 30에서 멈췄다.

"제길."

거석이 나직하게 욕을 씹었다.

"내가 전방, 좌측, 우측, 그리고……."

쌍수검과 박현의 눈이 마주쳤다.

"후방을 맡아."

적이 나타난 것이 분명했다.

박현은 고개를 끄덕이며 이선화를 흘깃 쳐다보았다.

"흑흑흑, 흑흑! 흑흑흑흑!"

공포가 극에 달했는지 이선화의 울음은 차 안을 가득 채웠다.

"쓰벌, 그만 좀 울어 이년아. 정신없잖아. 재수 없게."

거석이 짜증 가득한 얼굴로 험악하게 말을 내뱉었다.

"아, 씨발. 좀!"

그래도 울음이 멈추지 않자 거석은 그녀가 앉아 있는 철제 의자를 발로 차며 소리를 버럭 질렀다.

『컹컹컹! 컹컹! 크르르르르!』

그러자 그녀의 몸을 뚫고 푸른 귀광이 튀어나오더니 무섭게 으르렁 짖어댔다.

'개?'

개의 모습을 하고 있었지만 그 형상은 일반적인 개와 사뭇 달랐다. 일단 다리가 셋이었고, 눈은 푸른 귀광이 흐르고 있었다.

"삼족아!"

이선화는 거석을 향해 이빨을 세운 개, 삼족구[3]를 품으로 끌어안으며 달래 주었다.

『크르르르.』

삼족구는 이선화의 품에서 기분이 좋은 듯 꼬리를 팔랑 거렸지만 여전히 거석을 향해 경계를 놓지 않았다.

박현은 삼족구도 삼족구였지만 거석의 행동에 눈살을 찌푸렸다. 자신을 향한 시비는 차치하더라도, 또한 그의 마음을 모르는 바는 아니지만 이렇게 전투가 벌어지기도 전에 팀워크를 깨트린 그의 행동이 마음에 들지 않았었다.

"거석!"

쌍수검이 큰 소리로 호통 쳤다.

거석은 인상을 찌푸리며 입술을 달싹거렸지만 목소리를 밖으로 내뱉지는 않았다.

"작전 중에……."

쌍수검의 말은 마지막까지 이어지지 않았다.

끼이이익!

타이어가 끌리는 소리와 함께 차가 앞쪽으로 쏠렸기 때문이었다.

동시에 차량을 뚫고 살기가 스며들었다.

콰아앙—

쌍수검은 그대로 차량 뒷문을 발로 걷어찼다.

차가운 바람이 차량 내부로 훅 들어왔다.

"탈출!"

쌍수검의 목소리에 여덟 명의 용병들은 일제히 달리는 차에서 뛰어내렸다.

콰광— 콰과과과광!

그리고 미니버스는 시퍼런 기운에 폭사되어 폭발했다.

박현은 재빨리 팔을 들어 혹시나 모를 폭발의 파편으로부터 얼굴을 보호하며 주변을 살폈다.

끼이이익— 콰앙!

콰과과광!

뒤따르던 차는 가드레일을 받고 전복되어 있었고, 앞서 달리던 차는 미니버스처럼 폭발하며 거센 불길이 치솟아 올랐다.

주변으로 오성그룹 경호팀원들이 자세를 잡는 것을 보면 아슬아슬하게 차에서 탈출한 모양이었다.

"모여!"

쌍수검.

박현은 그가 일러준 대로 그의 등 뒤에 서서 후방을 경비했다.

시간차를 제법 두고 이선화도 허겁지겁 합류했다.

"뒤에 서."

박현은 말없이 이선화를 등 뒤로 밀었다.

얼핏 보기에는 그녀를 보호하는 모양새지만 실상은 아니었다. 일반인보다도 못한 그녀의 행동에 필히 발목이 잡힐 경우가 생기기에 미리 차단한 것이었다.

『크르르르르.』

박현의 좌우로 삼족구가 털을 곤두세우며 낮게 으르렁거렸다.

"낙오자는 버린다."

이어 쌍수검이 몇 마디 말을 더 내뱉었지만 목소리는 입 밖으로 나오지 않았다. 아마도 길잡이를 맡은 망치 박에게 전음으로 목적지를 알린 모양이었다.

"알았수다."

망치 박은 자리를 박차고 앞으로 튀어나갔다.

박현도 그를 따라 신형을 날렸다.

힐끗 뒤를 돌아보니 경호팀은 단단하게 방어선을 만들고 있었다. 아마도 최대한 그들을 멀리 도망칠 수 있게 만들려는 모양이었다.

하지만.

500m도 채 가지 못하고 걸음을 멈춰야만 했다.

쑤아아아악― 콰아아앙!

미사일처럼 창 하나가 날아와 그들의 앞에 내려 꽂혔다. 그 힘이 얼마나 강했는지 지축이 뒤흔들릴 정도였다.

사박— 사바바박!

그리고 스물에 가까운 정체 모를 인물들이 속속 모습을 드러냈다.

그들의 등장에 주변의 기운은 펄펄 끓는 물처럼 살기가 마구 끓어올랐다.

차라락!

박현은 다시 건틀릿을 펼치며 눈매를 가늘게 만들었다.

*용어

1) 김현감호: 낮에는 호랑이, 밤에는 아름다운 사람으로 변신한다. 낮이라도 어둠 속에서 사람으로 변신할 수 있다. 신라 때 흥륜사에서 김현을 만나 인연을 맺은 것을 계기로 세상에 알려졌다.

2) 전매귀: 귀신을 파는 사람. 옛날에 '귀시(鬼市)'라는 시장이 성행했다고 한다. 원래 귀시는 도적이나 도굴꾼들이 무덤에서 도굴한 귀물을 파는 곳이었으나 후에는 귀신을 사고팔았다고 한다. 여기에 귀신을 파는 이들이 있었는데 전매귀라 불렸다.

3) 삼족구(三足狗): 다리가 셋 달린 개. 삼족구는 왕이나 권력자의 부인으로 둔갑해 악행을 일삼는 구미호를 물리치거나, 구미호의 함정에 빠져 누명을 쓴 이를 구해주는 개다. 삼족구의 몸집은 작지만 매우 사납고 용맹하다.

9장

　'한국인은 아니군.'

　얼굴 생김새야 구분이 쉽게 안 갈 정도로 비슷하다지만 나라마다 풍기는 분위기는 확연히 달랐다.

　'중국이라.'

　머리 모양이나 입고 있는 옷이 어딘지 모르게 한국의 80, 90년대를 떠오르게 만들었다.

　"크크크, 오랜만에 보너스를 받을 수 있겠군."

　거석은 오른 주먹으로 왼 손바닥을 툭툭 치며 웃음을 흘렸다.

　"망치 박."

"알았수다!"

쌍수검이 그를 부르기가 무섭게 망치 박이 앞으로 튀어
나갔다. 그리고 서서히 원진을 구축하며 거리를 좁혀 들어
오는 적을 향해 망치를 집어던졌다.

쑤아악—

2자루의 망치는 섬뜩한 파공성을 내뱉으며 전방에 자리
를 잡는 이들의 머리를 향해 날아갔다.

펑! 쾅!

"#$^%^$%&^$!"

"#@$@#!"

적 두 명은 이해할 수 없는 말을 쏟아내며 다급히 2자루
의 망치를 각자의 무기로 쳐냈다.

망치 박이 어느새 빼어 든 망치 2자루를 움켜잡고 적의
포위를 뚫으려 할 때였다.

후아아아악—

묵직한 파음과 함께 한 자루 창이 망치 박을 향해 휘둘러
들어왔다.

"헛!"

망치 박은 두 다리를 굳건히 내디디며 재빠르게 망치를
교차해 봉을 막았다.

쾅—

망치 박의 몸은 뒤로 3m가량 주르르 밀려났다.

"으헛!"

그런 그 사이로 당래불이 훌쩍 몸을 날려 봉을 휘둘렀다.

카강—

봉과 창 사이에 불꽃이 튀고 아주 짧지만 정적이 찾아왔다.

"귀녀. 길을 뚫고, 지화와 백화는 좌우를 맡아. 그리고 암호는 뒤!"

귀녀는 이선화.

지화와 백화는 한 쌍의 남녀였다.

『컹! 컹컹!』

『컹컹!』

『컹컹! 컹컹!』

쌍수검의 목소리에 기다렸다는 듯이 세 마리의 삼족구들이 앞으로 튀어나가 적에게로 달려들었다.

화르르륵—

이어 불길과 함께 뜨거운 열기가 피어났다.

지화, 그의 근원은 지귀심화[1]였다.

"오호호호호!"

지귀심화, 지화 옆에서 공주처럼 오만하게 서 있던 백화는 하얀 귀광을 발산하며 풍성한 꼬리를 드러냈다.

백여우[2].

백여우, 백화는 도술로 사방의 도로를 헤집어 버렸다.

『커어엉!』

늑대만 한 삼족구가 나타나 이선화를 태우고 벌어진 틈으로 달려 나갔다.

그 뒤를 따라 용병들이 일제히 몸을 날렸다.

그렇게 중국인들의 포위가 반쯤 깨어졌을 때였다.

후아아아아—

거대한 무언가가 용병들의 앞으로 날아와 아스팔트 위에 내려 꽂혔다.

"……!"

그것은 바로 세 개의 관이었다.

펑— 펑— 펑—

관 뚜껑이 터지듯 떨어져 나갔다.

딸랑—

뭔가 음산한 종소리가 울려 퍼지자 관 안에서는 **뻣뻣한** 움직임의 시체 3구가 튀어나왔다.

『크으으으으.』

『크으으으으.』

『크으으으으.』

강시(殭尸)[3]였다.

"제길, 죽음의 사행도사(死行道士)가 납시었군."

거석.

하지만 가장 먼저 강시에게로 뛰어든 이는 다름 아닌 당래불이었다.

"어디서 지장보살[4]의 뜻을 거스르는가?"

당래불은 노성과 함께 금빛 불력이 담긴 봉을 강시를 향해 휘둘렀다.

펑! 펑! 퍼버벙!

당래불의 봉은 단숨에 세 구의 강시의 허리와 머리 등을 후려갈겼다. 그 충격에 세 구의 강시들은 수수깡처럼 바닥에 처박혔다.

"나 또한 지궐[5]을 관장하는 풍도대제[6]의 뜻을 이어받은 제자. 어디서 저승을 헤집고 다니는 지장을 언급하는가!"

허연 수염을 휘날리는 빼빼 마른 노인이 노기를 터트리며 모습을 드러냈다.

따라라라랑!

사행도사는 당래불을 노려보며 다시 한 번 제종[7]을 흔들었다.

쿵 쿵 쿵

제종 소리에 쓰러졌던 강기가 다시 벌떡 일어나 당래불을 향해 달려들었다.

"갈!"

당래불은 크게 진각을 밟으며 크게 봉을 휘둘렀다.

펑!

강시 1구가 그 일타에 맞아 크게 나가떨어졌지만 다른 2구의 강시는 기묘한 자세로 당래불의 봉을 피하며 그의 곁으로 달려들었다.

"어디!"

그의 짝인 망치 박이 곡괭이를 꺼내들며 강시들의 발을 걸어 잡아당겼다.

퍽!

강시가 쓰러지자마자 망치 박은 곡괭이를 돌려 강시의 가슴을 내려찍었다. 가슴이 내려앉았지만 강시는 뻣뻣한 손을 뻗어 망치 박의 곡괭이를 움켜잡았다.

"내 요럴 줄 알았다고."

망치 박은 허리춤에서 다시 망치를 꺼내 강시의 머리를 향해 내려찍었다.

망치 박이 1구의 강시를 막아 준 덕분에 당래불은 여유롭게 다른 강시의 다리와 가슴을 후려치고 찔렀다.

"지화!"

그 때 쌍수검의 목소리가 터졌다.

"알았어."

귀찮음이 역력한 목소리와 함께 지귀심화, 지화가 몸에 불을 더욱 크게 일으키며 사행도사를 향해 날아갔다.

화아아아아—

지귀심화, 지화는 하늘에 잔불을 남기며 사행도사를 덮쳐 갔다.

쑤아악!

그때 창 한 자루가 그의 정면으로 날아왔다.

"칫!"

지귀심화, 지화는 유려한 곡선으로 창을 피하며 허공으로 날아올랐다.

다시 사행도사를 향해 내려가려던 지귀심화, 지화의 눈에 그의 곁을 단단히 지키며 서는 무인 한 명이 눈에 들어왔다. 특이하게 그 무인의 등에는 짧은 단창이 여러 자루가 메여 있었다.

"크아아악!"

"으악!"

그때 후방에서 비명이 터져 나오기 시작했다.

단말마의 주인은 바로 오성그룹 경호팀이었다.

애써 버티고 있었지만 분위기를 보아 금세 무너질 터. 그들이 무너지면 적의 수는 서른 명까지 늘어난다.

"귀녀! 뚫을 수 있겠나?"

더 이상 지체했다가는 의뢰는 둘째치고 목숨마저 책임질 수 없게 된다. 다행히 난전에 포위망은 엉성하게 변해 있었다.

"……해, 해 볼게요."

귀녀, 이선화는 입술을 꽉 깨물더니 허공으로 몸을 날렸다.

『이히히히히히!』

그러자 푸른 귀광이 하나 날아와 그녀의 몸으로 스며들었다.

"흐읍! 후하―."

허공에 둥둥 뜬 귀녀, 이선화는 한 바퀴 빙그르 돌며 깊은 숨과 함께 감탄사를 터트렸다.

"얼마 만에 맡아보는 이승의 향기던가. 히히히."

그런데 그 목소리가 쉬어터진 노파의 음색으로 바뀌어 있었다.

『컹컹! 크르르르르!』

그녀를 태우고 있던 커다란 삼족구가 갑자기 귀녀, 이선화를 향해 낮게 울음을 터트렸다.

"에잉. 쯧쯧쯧. 알았다, 개잡종아."

귀녀, 이선화는 눈살을 찌푸리더니 사방으로 손을 휘저었다.

"뭣들 눈치를 살피고 있는 게냐! 팔아 치워버리기 전에 어서 사방으로 달려들지 않고!"

귀녀, 이선화가 허공을 향해 호통을 쳤다.

『이히히히히!』

『이히익— 힉힉힉힉!』

『흐으으으으으!』

수십의 귀곡성이 터지며 푸른 귀광들이 사방으로 흩어졌다. 정확히는 사방으로 둘러싸는 중국 무인들을 향해서였다.

귀광, 정확히는 귀신들은 중국 무인들의 머리나 몸으로 스며들어 그들의 몸과 정신을 뒤흔들었다.

"어디서 요망한 것들이!"

"갈!"

저마다 서넛의 귀신에 쓰인 중국 무인들은 갑자기 귀신들의 혼백과 싸우느라 완벽을 기하던 포위망에 틈이 만들어졌다.

"너희도 알다시피 오래 시간을 끌지 못한다. 너! 어서 나를 태우지 않고 뭐해?"

귀녀, 이선희는 쌍수검에게 말을 툭 던지고는 짜증 가득한 목소리로 삼족구를 불렀다.

삼족구는 마뜩찮은 울음을 내뱉으며 그녀에게 등을 맡겼

다.

"거석! 길을 뚫어!"

팡팡팡!

"기다리고 있었습니다."

거석은 양손에 오픈 글러브처럼 생긴 건틀릿으로 두 주먹을 맞부딪혔다.

"으하아아압!"

거석은 마치 거인이 뛰어가는 것처럼 쿵쿵 땅을 울리며 앞으로 튀어나갔다.

"넷은 최대한 적을 저지해!"

쌍수검은 귀녀, 이선화와 함께 어깨를 나란히 하며 거석의 뒤를 따라 달려 나가기 시작했다.

뭔가 순식간에 일이 벌어졌다.

진정한 이면의 모습에 박현은 잠시 정신을 차리고 멍하니 그들의 싸움을 쳐다보았다. 진짜 초보처럼 '어어' 하다가 아무것도 해보지 못하고 그들의 뒤를 따라 달려 나갔다.

"으하압!"

쾅! 쾅! 쾅!

거석의 움직임은 마치 탱크처럼 느껴졌다.

저돌적인 움직임.

기교 없는 주먹.

막으면 막는 대로, 피하면 피하는 대로 주먹을 휘둘렀다.

한 방에 한 명.

정말 무식했지만 그보다 더 좋은 모습을 떠올리기 힘들었다.

'이게 역발의 후예들로군.'

박현은 내심 혀를 둘렀다.

그렇게 포위를 뚫고 한 500m를 갔을까.

파밧— 파밧!

우측으로 비호처럼 쫓아오는 이들이 눈에 들어왔다.

선두에 둘, 그리고 후미에 다섯.

아마 오성그룹 경호팀을 맡았던 이들인 모양이었다.

그리고 그 바로 뒤로 지귀심화, 지화와 백여우, 백화가 따라붙었다.

그들을 발견한 쌍수검이 짧은 고민도 없이 다시 명을 내렸다.

"암호!"

"알았소."

박현은 고개를 끄덕이며 몸을 틀었다.

자신들을 향해 달려오는 선두에 선 둘을 향해 달려 나갔다.

박현은 자연스럽게 뛴 걸음에 맞춰 양손으로 땅을 디뎠다. 이어 그의 몸은 자연스럽게 거대해졌다.

"크하앙!"

새하얀 털들이 달빛에 부서지며 그는 한 마리 백호, 호랑이가 되어 달려 나갔다.

"……!"

새하얀 털을 흩날리는 백호의 모습에 선두에서 달리던 둘의 눈이 부릅떠졌다. 놀람 때문이었을까, 그들의 걸음은 조금 엇박자를 만들어내고 말았다.

그들과의 거리가 10m 내외로 가까워지자 박현은 뒷다리에 힘을 주며 허공으로 몸을 날렸다.

한 마리의 호랑이.

반체의 모습이 한순간 진체로 변했다.

"크하아아아앙!"

백호, 박현은 거대한 앞발로 한 사내의 얼굴을 할퀴듯 후려갈겼고, 그 반동을 이용해 나란히 달리던 이로 훌쩍 날아가 어깨를 물었다. 박현은 어깨를 입에 문 사내를 번쩍 들어 올려 바닥으로 내동댕이쳤다.

콰직!

박현은 맨 처음 일격을 가한 이의 머리를 발로 부순 후, 힘겹게 몸을 일으키는 또 한 명의 중국 용병의 머리를 후려쳤다.

픽!

중국 용병은 머리가 반대로 꺾이며 그 자리에서 절명했다.

"크하아아아아앙!"

박현은 몸을 살짝 웅크리며 호전적으로 뒤이어 달려오는 다섯 명의 중국 무인들을 향해 거대한 울음을 터트렸다. 그 울음이 주는 강렬한 투기 때문이었을까, 절명한 두 명의 사내를 뒤따르던 다섯의 중국 무인들이 주춤거렸다.

그러자 백여우, 백화가 수인을 맺으며 땅에 양손을 내리꽂았다.

화아아악—

그녀의 양손에 맺힌 기운이 마치 파도처럼 땅 위를 미끄러져 다섯 중국 무인들이 서 있는 땅에 스며들었다.

꿀렁— 꿀렁—

단단한 바닥이 한순간 진흙 밭으로 변했다.

"헛!"

"헙!"

갑자기 발목이 땅 밑으로 쑥 빠져들자 중국 무인들의 걸음은 한순간 엉키고 말았다. 저마다 한 수는 가지고 있는 듯 넘어지지는 않았지만 그들의 걸음은 한순간 멈추고 말왔다.

"자기야!"

그때 백화의 고성이 터졌고,

"오케이, 내 사랑!"

지귀심화, 지화가 기다렸다는 듯이 온몸에 불을 내뿜으며 미사일처럼 날아와 다섯 중국 무인들의 몸을 휘감았다.

"크하악!"

"크흑!"

"으아아악!"

불길에 휩싸인 중국 무인들은 빠르게 진흙 바닥을 굴러 몸에 붙은 불을 끄기 위해 안간힘을 썼다.

그 순간.

쑤아아아악!

한 자루의 창이 지화의 등으로 날아왔다.

"자기야!"

백화가 창백해진 얼굴로 지화를 불렀다.

"히익!"

지화는 재빠르게 몸을 틀었지만 날아오는 창을 완벽하게 피하기는 어려워 보였다.

"크하아앙!"

그때 한 마리 호랑이의 포효가 터지며 하얀 그림자가 창

앞에 모습을 드러냈다.

백호, 박현이었다.

쾅!

박현은 허리를 젖혀 창을 슬쩍 피하며 창대 허리 부분을 양손으로 내려찍었다.

콰아아앙!

창은 그 힘에 방향이 꺾여 폭음과 함께 바닥에 찍혔다.

"크르르르르."

박현이 고개를 틀자, 저 멀리서 한 사내가 날 듯이 달려오고 있었다.

강시를 다루는 사행도사 곁에서 그를 지키던 자였다.

《이만하면 우리 역할은 끝난 듯하네. 알아서 도망쳐.》

백화의 전음이 들려왔다.

"크르?"

박현이 반문을 표하자.

《저자와 강시가 오고 있다는 말은 망치 박과 다른 이들은 충분히 시간을 벌고 몸을 내뺐다는 뜻이야. 우리의 임무는 퇴치가 아니라 시간을 벌어주는 거야. 배달조도 이만하면 충분히 몸을 내뺐으니 이만하면 돼. '다'급 의뢰에 목숨까지 바칠 이유는 없잖아. 안 그래?》

백화는 빠르게 말을 마치고는 박현을 향해 윙크를 살짝

날렸다.

"자기야! 지금 뭐하는 거야? 어?"

그 윙크에 이 상황과 어울리지 않는 질투가 지화에게서 터져 나왔다.

《이크, 강시까지 날아오네. 더 늦다가는 뼈도 못 추리겠다. 그럼 다음에 만나면 한적한 곳에서…… 찐하게 술이나 한잔해. 호호호호.》

백화의 말처럼 세 개의 관이 창의 사내를 따라 날아오고 있었다.

《너 이 새끼, 달링 앞에 나타나면 눈 까리를 지져버릴 테니까 알아서 행동해.》

백화와 지화는 꼬리에 불붙은 개처럼 한순간 꼬리를 감추며 저 멀리 사라졌다.

쐐애애액!

그 뒷모습을 바라보는 박현의 등 뒤로 날카로운 파음이 날아왔다.

쾅!

박현은 몸을 틀어 검을 피하며 자신을 공격한 중국 용병의 머리를 그대로 날려버렸다. 평소라면 불가능한 일격이었겠지만, 중국 무인은 이미 전신에 화상을 입은 터라 온전한 움직임을 보이지 못 했다.

박현은 빠르게 다른 이들을 쳐다보았다.

둘은 여전히 진흙 바닥에서 안간힘을 쓰며 불을 끄고 있었다. 둘이 겨우 정신을 차리는 모습이 눈에 들어왔다.

여기까지만 하면 된다고 했지만 찜찜함을 남겨둘 필요는 없는 법.

위험 요소는 미리 자를 수 있다면 자르는 게 좋다.

쾅! 쾅! 쾅— 퍼억!

박현은 일격, 일격에 힘을 실어 네 명의 중국 무인들의 머리를 바수며 반체로 변해, 산으로 향했다.

산.

쫓아와도 좋다.

산신(山神), 호랑이의 또 다른 이름.

자신은 산의 신이었으니까.

*　　*　　*

띠링—

문자 알람이 울렸다.

한 은행.

입금 81,000,000(팔천일백만 원), 오성.

합계 90,000,000(구천만 원)

의뢰가 성공한 모양이었다.

하지만 박현은 액수를 보며 미간을 슬쩍 찌푸렸다.

용병 회사 수수료 5%에, 은행 보관료 5%.

엄청난 폭리였다.

그렇지만 대안이 없다.

"쯧."

박현은 혀를 한 번 차며 스마트폰을 다시 품으로 넣으며
스워드 펍에 들어섰다.

"왔나?"

노 사장이 바 테이블을 사이에 두고 그의 앞에 섰다.

"글렌리벳 18년산 더블."

"이제 보니 술맛을 아는 친구였구만."

노 사장은 익살스럽게 감탄사를 내뱉으며 묵직한 크리스
탈 잔에 글렌리벳 위스키를 따랐다.

"죄다 발렌타인, 발렌타인 하는데……, 진정한 사내의
위스키는 싱글몰트지."

박현은 술잔을 받으며 용병 카드이자 이면 은행 카드인
카드를 넘겼다.

노 사장은 계산대에서 계산을 마치고 다시 박현에게 카

드를 넘겼다.

"그나저나 첫 의뢰부터 험난했다면서?"

술잔을 입으로 가져가던 박현의 손이 멈췄다. 박현은 노 사장을 보며 술을 한 모금 마셨다.

"여기 생각 이상으로 소문이 빠른 곳이야, 백호 친구."

"이거 참."

박현은 쓴웃음을 지으며 술잔을 내려놓았다.

"자네 등장에 이면이 꽤나 술렁였어."

노 사장은 카운터에 몸을 기대며 말했다.

만 하루도 아니고 고작 18시간 정도 지났을 뿐이었다.

"겉멋인 줄 알았는데 아주 영리한 생각이었어."

노 사장은 손으로 가면을 흉내 냈다.

이목이 쏠리면 어쩔 수 없이 생활에 제한이 따르게 된다.

노 사장은 그 부분을 칭찬한 것이었다.

박현은 술잔을 들어 보였다.

"고맙기는. 오래 살아야 나도 먹고 살지."

노 사장은 별일 아니라는 듯 몸을 일으켰다.

"어서 와."

그리고는 다른 손님을 향해 걸음을 옮겼다.

'빨라.'

소문이 퍼질 줄은 알았는데 그 속도가 생각보다 빨랐다.

아마도 폐쇄된 이면이라 더 그럴지도 몰랐다.

박현은 술잔을 내려다보며 빙글빙글 돌렸다.

은은한 위스키 향을 느끼며 생각에 잠겼다.

나름 경험했다고 싶었는데 자신이 경험한 이면은 이면도 아니었다.

파계승 당래불, 농문의 망치 박, 역발의 거석, 검계의 쌍수검은 그렇다고 치더라도. 전매귀 이선화와 지귀심화 지화, 백여우의 백화, 그리고 마지막으로 강시와 사행도사는 솔직히 충격이었다.

전 세계에 얼마나 많은 무예가 있을 것이며, 얼마나 많은 신들이 있겠는가.

상상 이상으로 이면은 복잡하고 다양한 대상들이 존재했다.

'그 전에 목숨 줄부터 잡아놔야 하는 건가?'

박현은 봉황을 떠올리며 피식 웃음을 삼켰다.

그리고 술잔을 입으로 가져갔다.

"어머! 이게 누구야."

야릇하고 요염한 목소리가 박현의 등 뒤에서 들려왔다.

"내가 보고 싶어서 왔구나."

은은한 향수와 함께 여인의 풍만한 가슴이 팔로 파고들었다.

어젯밤 맡은 향수 냄새.

백화였다.

"이 씨발! 너 이 새끼, 내가 우리 달링에게 꼬리 치면 죽여 버린다고 그랬어, 안 그랬어! 이 새끼가 내 말을 무시……."

곧이어 거친 지화의 목소리와 함께 뜨거운 열기가 느껴졌다.

"안에서 불장난하지 마라."

노 사장의 묵직한 경고가 이어졌다.

"딸꾹."

그 경고에 지화는 옅은 딸꾹질과 함께 거짓말처럼 열기가 사라졌다.

순간 박현의 눈동자가 반짝였다.

역시 스워드 펍의 노 사장은 그저 그런 술집 주인이 아니었다.

쿵쿵쿵쿵쿵!

어찌되었든 뜨거운 열기 대신 거친 걸음 소리가 박현의 등 뒤를 덮쳤다.

박현은 몸을 틀었다.

그러자 바로 눈앞까지 다가온 지화의 얼굴이 보였다. 얼마나 열이 받았는지 씩씩거리는 소리와 함께 얼굴은 누르락붉으락했다.

"어멋!"

박현은 백화의 멱살을 잡아 지화의 가슴에 던지듯 밀었다.

"나는 둘 사이에 끼어 들 생각이 전혀 없어."

"어멋! 어머멋!"

백화가 지화의 품에서 초롱초롱한 눈으로 박현을 쳐다보았다.

"나를 거부한 남자는 네가 처음이야. 박력 쩔어!"

무슨 쌍팔년도 개그도 아니고.

박현은 백화의 말에 눈이 저절로 끔뻑거려졌다.

"이 새끼."

지화가 갑자기 박현의 멱살을 잡아 끌어당겼다.

"내가 우리 달링에게 꼬리치면 죽는다 그랬어, 안 그랬어? 내 말을 무시하고 우리 달링을 꼬셔!"

"그 손 안 놔!"

백화가 둘 사이에 끼어들어 지화의 멱살을 풀었다.

"네가 뭔데 우리 둘 사이에 끼어들어!"

백화가 지화를 향해 성을 냈다.

"아주 지랄이다. 지랄!"

어느새 카운터에서 나온 노 사장이 둘의 뒷덜미를 잡아 술집 밖으로 던지듯 밀어버렸다.

"오늘은 출입금지다."

노 사장이 입구에서 팔짱을 끼며 말했다.

"안 돼! 이렇게 우리 사랑을……."

"사랑? 사랑! 달링! 언제부터 저 새끼랑 눈 맞은 거야?"

"너는 이제 지긋지긋해! 꺼져! 새로운 사랑……."

둘의 실랑이가 계속되자 노 사장의 얼굴이 일그러졌다.

"그래, 피를 보자 이거지."

노 사장이 소매를 천천히 걷어 올렸다.

"히익!"

백화가 먼저 기겁을 하며 줄행랑을 쳤다.

"다음에는 꼭 소녀가 찾아갈게요. 힘들어도 조금만 참아
요!"

백화는 술집 안을 향해, 정확히는 박현을 향해 애잔하게
소리치며 눈썹이 휘날리도록 사라졌다.

"자기야! 달링~!"

지화가 그런 그녀의 뒤를 애처롭게 따라갔다.

"미친 년놈들."

노 사장이 고개를 저으며 몸을 돌렸다.

"너도 딱하게 되었다."

"제가 말입니까?"

박현은 겨우 황당함을 풀며 반문했다.

"백여우를 모르나?"

"어제 만났는데 제가 알면 뭘 압니까?"

"백여우의 사랑은 지고지순해."

"저게 지고지순입니까?"

박현의 얼굴에 겨우 지워진 황당함이 다시 피어났다.

"뭐 그 기간이 매우 짧아서가 문제이고……, 자주 바뀌어서 문제지만."

"그게 문제라기보다 하필 지귀심화가 저런 백여우에게 마음을 빼앗겼다는 게 진짜 문제 아니요."

근처 술을 마시던 이가 툭 끼어들었다.

박현은 고개를 돌려 그를 바라보았다.

"노 사장. 내가 돈 낼 테니 마시던 거 한 잔 내어주쇼."

그가 안쓰러운 눈으로 박현을 쳐다보며 술을 한 잔 샀다.

아니 그뿐만이 아니었다.

술집에 있던 모든 이들이 박현을 안쓰럽게 쳐다보았다.

"여기 있는 이들 대부분이 백여우 때문에 고생을 해서 그래. 그래서 그런 거야. 그나저나 오늘 마실 술은 모두 공짜겠어. 많이 마셔 줘."

노 사장은 박현의 어깨를 툭 치며 카운터로 지나갔다.

"뭐 이런 황당한……."

*용어

1) 지귀심화: 사람과 비슷한 모습을 하고 있지만 온몸이 불로 되어 있다. 그로 인해 자의든 타의든 사방을 불태우며 다닌다. 특히 첫 눈에 반한 이에게 짝사랑을 느끼고, 그 짝사랑이 집착으로 변해, 미쳐 사방을 불태우며 돌아다닌다고 한다. 신라 선덕여왕을 짝사랑 한 어떤 청년이 그리 변했다고 전해진다.

2) 백여우: 고대로 우리나라는 설화에서 백여우와 구미호를 분리해서 기술하고 있다. 조선후기 학자 이익의 '성호사설 호매'에서 보면 100년 묵은 여우는 미녀, 혹은 음란한 미녀로 변신한다고 서술되어 있다. 또한 조선후기 '한죽당섭필'에서는 전우치가 술 취한 여우를 협박해서 도술을 배웠다는 이야기가 기술되어 있다. 마지막으로 여우가 사람 간을 먹는 이야기는 18세기 이전의 기록에서는 찾아볼 수 없다 한다.

3) 강시(殭尸): 좀비(Zombie)나 언데드와 비슷한 존재라고 볼 수 있다. 좀비는 네크로멘서나 마술사의 손에 조종되는 것처럼 도사(道士)의 손에 조정된다. 좀비와의 차이점이라면 속도가 매우 빠르며 엄청난 괴력을 가지고 있다. 그리고 관절이 뻣뻣하여 행동 자체가 자

연스럽지 않은 설정이 대부분이지만 사람과 구분이 안 갈 정도로 자연스러운 행동을 취하는 강시의 종류도 있다. 강시를 부리는 술, 도시송시술(跳屍送尸術)은 애초 목적은 과거 중국에서 멀리 타역에서 죽은 이를 무사히 죽은 이의 집으로 운반하기 위함이었다.

4) 지장보살: 성불(成佛: 부처님이 되다)할 요건을 모두 갖추었음에도 지옥에 있는 중생들을 모두 구제하기 전까지 성불하지 않겠다 하였다. 직접 지옥에 들어가 죄 지은 중생들을 교화, 구제하는 지옥의 부처로 불린다. 지장보살을 모신 곳을 지장전(地藏殿), 혹은 명부전(冥府殿)이라 부르며, 저승을 관장하는 시왕(十王)들도 함께 모셔져 있다.

5) 지궐: 지궐(地闕) 또는 지부(地府). 도교에서 지옥을 부르는 말.

6) 풍도대제(豊都大帝): 지옥을 관장하는 최상 관직을 일컫는다. 그 아래 여섯 염마왕(閻魔王, 일반 백성들은 염라왕이라 부른다.)이 존재한다.

7) 제종: 법령, 혹은 무령이라 불리는 일종의 무구, 종이며 윗부분은 삼청(三淸)을 뜻하는 삼지창 모양의 형태를 이루고 있다.

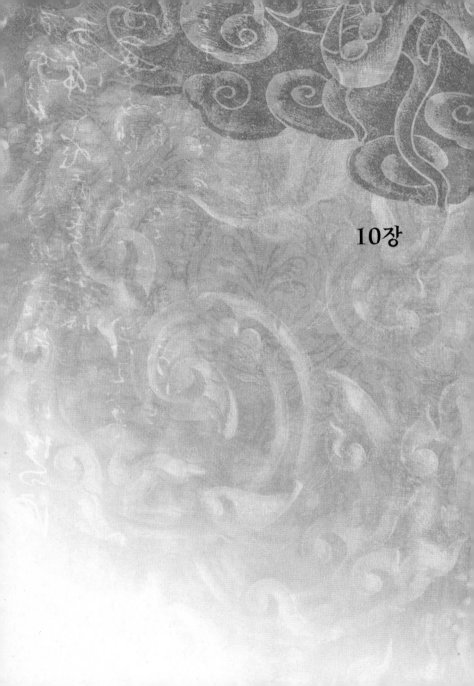

10장

'잘한 것일까?'

호효상은 은은한 초록빛깔 녹차를 내려다보며 깊은 생각
에 잠겨 있었다.

어젯밤, 박현이 백호의 모습으로 이면에 나섰다는 소리
가 들려왔다. 그의 등장은 호촌뿐만 아니라 이면 전체를 한
순간 술렁이게 만들었다.

호효상은 그의 능력을 잘 알고 있었다.

지금이야 그저 수백 년 만에 등장한 백호라 주목을 받겠
지만 이면에 적응하는 순간 그는 폭발적으로 성장할 것이
분명했다. 시간이 흐를수록 그의 이름은 더욱 주목하게 만

들 것이다.

'백룡.'

우연히 김월과 한석민 전무의 대화를 들었다.

백호의 모습과 백우의 모습이 동시에 겹쳐졌다.

그들의 말처럼 진짜 백룡일까?

아니면 그저 돌연변이일까.

호효상은 찻잔을 들었다.

녹차의 쌉쌀함이 소태처럼 쓰게 느껴졌다.

'일단 족장님을 뵈어야겠어.'

화랑문도 머릿속에 잠시 떠올렸지만 이내 지워버렸다.

*　　*　　*

박현은 많은 이들의 시선이 부담스러워 구석 테이블로
이동했다.

"여어."

누군가 아는 체하며 박현의 앞에 앉았다.

망치 박이었다.

"덕분에 어제 일이 좀 수월했어."

망치 박은 건배하자는 의미로 가져온 맥주병을 내밀었
다.

박현은 어제의 고마움도 있어 잔을 들어 맥주병과 가볍게 마주쳤다.

"그나저나 백화가 너 찍었다면서?"

망치 박의 물음에 박현의 얼굴이 찌푸려졌다.

"망치 박도?"

"큭!"

박현의 물음에 망치 박은 가슴을 움켜잡았다.

"갑자기 가슴이 아프다."

"아마 유일하게 그녀의 마음을 훔치지 못한 녀석일 겁니다. 관세음…… 크크, 보살."

당래불.

박현은 눈으로 그와 인사를 나눴다.

"그래도 골치 아픈 일은 겪지 않았을 거 아닙니까?"

"그거라도 겪고 싶었을 겁니다."

당래불이 와인과 잔을 테이블에 내려놓았다.

"이 녀석 숫총각입니다. 크크크크."

당래불이 자연스럽게 합석했다.

"불알!"

망치 박이 눈에 쌍심지를 켜며 당래불의 법복 멱살을 잡으려했다. 하지만 당래불은 유려한 손짓으로 망치 박의 손을 흘리며 멀찌감치 떨어진 의자에 앉았다.

"오랜만이오, 시주."

당래불은 경건하게 합장으로 인사했다.

"아~ 네."

박현은 익숙하게 와인병 마개를 따는 당래불을 보며 어색하게 인사를 건넸다.

"흠~, 좋아. 관세음보살."

당래불은 와인을 음미하며 감탄했다.

"아무리 생각해도 이 몸은 저쪽 이탈리아에 태어났어야 했어. 부처님이 아니라 거룩한 예수님에게 귀의했어야……."

"아주 와인 한 잔에 지랄을 떨어라, 떨어."

망치 박이 이죽거리며 와인병을 병째 낚아채 병나발을 불었다.

"꿀꺽, 꿀꺽~. 크으으으! 이 떫고 시큼한 게 뭐가 맛있다고."

망치 박은 몸서리를 치며 와인병을 탁자 위에 던지듯 올려놓았다. 몇 모금 마시지도 않았는데 와인 병은 반 이상 비워져 있었다.

"지옥불에 떨어져 튀겨죽어도 시원찮을 놈아! 이 비싼 와인을 반이나 처묵처묵해 놓고, 뭐라? ……흠흠. 관세음보살."

당래불은 망치 박에게 소리를 버럭 지르다가 박현의 시선에 갑자기 온화한 미소를 지었다.

"친우가 맛나게 묵었으면 그걸로 된 것을……, 이 몸은 그저 아쉬울 따름일세."

어제는 몰랐는데 그리고 보니 조금 이상했다.

마흔쯤 되어 보이는 망치 박, 많이 쳐줘야 스물 후반으로 보이는 둘이 '친구' 혹은 '친우'라는 호칭을 써가며 격의 없게 이야기를 나누는 모습이었다.

나이의 고하가 무시되는 이면이라고 해도 조금 이상했다.

"왜 그렇게 보십니까?"

당래불이 자신들을 번갈아 보는 시선을 느꼈는지 물어왔다.

"둘의 모습이 보기 좋습니다."

"그렇지요? 비록 이면에서 만났지만 마음 맞고, 거기에 나이마저 같은 친우를 만나기가 어디 쉽나요? 그러니 미우나 고우나 이 소승이 못난 저 친우를 데리고 다니고 있습니다. 나무관세음보살."

"동갑?"

"그렇습니다, 시주."

당래불이 담담한 미소를 지었다.

박현은 눈을 껌뻑거리며 스물 중후반의 얼굴을 한 당래

불과, 마흔 안팎으로 보이는 망치 박을 번갈아 쳐다보았다.

"실례가 되지 않는다면……."

"수도의 길에 나이가 뭐 그리 중요하겠습니까만 올해 스물넷입니다, 시주."

자신보다도 한 살 어렸다.

뭐 당래불이야 납득을 할 수 있다지만…….

박현은 어색한 눈으로 망치 박을 쳐다보았다.

"니미럴. 어려 보여서 좋겠다. 이 불알아!"

망치 박은 당래불이 앉아 있는 의자를 발로 쿵 쳤다.

"농문이 워낙 수련이 고됩니다. 저 녀석은 나름 촉망받는 후기지수였던지라 다른 이들보다 좀 더 고되게 수련을 했습니다."

"도대체 어떤 수련을 하면……."

"농문이 달리 농문이겠습니까."

당래볼은 곡괭이질을 흉내 냈다.

"그래, 나 땡볕 아래서 죽을 듯 농사 지어서 이래 되었다, 됐냐?"

망치 박이 발끈했다.

"거기에 망치 박의 스승께서 다양한 무기들을 다룰 줄 알아야 한다며 공사판도 제법 돌리셨지요."

당래불의 설명이 이어질수록 망치 박의 얼굴이 서서히

울그락불그락 변해갔다.

"불쌍한 중생입니다. 농사에 공사판에 청춘을 보내고 얻은 것이 저 얼굴이랍니다. 여인의 손도 못 잡아보았지요. 이러다 죽어 구천을 떠도는 총각 귀신이 되는 것은 아닌지……. 나무관세음보살."

이건 망치 박을 달래 주는 건지 약 올리는 건지…….

"유부녀 꼬셔서 파계된 주제에."

망치 박이 지지 않으려고 맞받아쳤지만.

"부러워서 저러는 겁니다."

당래불은 온화한 미소를 지으며 와인잔을 들어 한 모금 음미했다.

"……그렇군요."

박현은 어색한 웃음을 지으며 대화를 마무리했다.

이면에 기이한 사람들이 많은 건지, 아니면 기이해서 이면의 사람이 된 것인지……, 좀처럼 정상적인 사람을 도통 만나기가 어려웠다.

"그럼 저는……."

박현은 인사를 하며 자리에서 일어나려 했다.

"잠깐만."

"……?"

"사실 이런 시답잖은 말을 나누려고 온 게 아니오."

망치 박의 말에 박현은 다시 자리에 앉았다.

"나무관세음보살."

당래불이 나직이 불호를 외웠다 .

"하고 싶은 말이 뭡니까?"

"비공식 의뢰."

박현의 눈빛이 살짝 바뀌었다.

"흥미가 동하오?"

망치 박의 말에 박현이 고개를 끄덕였다.

"의뢰자는 오성 그룹."

망치 박은 목소리의 소리를 죽였다.

"의뢰는 우리를 습격했던 이들 중 대장 격인 사행도사 및 쾌창마를 생포하는 거요."

"쾌창마?"

"왜 등에 열 자루의 단창을 가진……."

"아―."

대충 누군지 알겠다.

"의뢰비는 일천. 성공 보수는 2억."

박현은 잠시 고심하며 입을 열었다.

"함께하는 이는?"

"나, 불알. 쌍수검, 거석, 귀녀, 그쪽은 모르겠지만 쌍수검 님의 친구분이 합류할 거요. 그리고 당신."

어제의 멤버에서 백화와 지화는 빠졌다.

"왜 납니까?"

박현은 망치 박과 당래불을 쳐다보았다.

"좀 더 믿을 수 있는 이들이 있을 텐데."

"솔직히 별 이유는 없소. 그냥 첫날의 느낌이 좋았다는 거?"

망치 박.

"짧지만 그날의 모습이 머릿속에 생생합니다. 앞으로 친해지자는 의미도 있습니다."

당래불.

괴짜이기는 하지만 그렇다고 음흉해 보이지도 않았다.

비공식 의뢰도 호기심이 일었거니와 이런 친목도 나빠 보이지 않았다.

하지만 인상만으로 그들을 판단할 수는 없다.

"언제까지 답을 드리면 됩니까?"

"오래는 힘들고, 오늘 자정까지는 부탁드리오."

망치 박이 잠시 고민 끝에 대답했다.

네댓 시간 남았지만 그 정도면 충분히 박수무당 조완희, 도깨비 서기원과 논의하기에는 충분한 시간이었다.

"알겠습니다. 늦지 않게 답을 드리지요."

박현은 망치 박과 전화번호를 주고받은 후 자리에서 일

어났다.

"근데 나이가 어찌되오?"

망치 박이 같이 일어나며 물었다.

"여섯이오."

"아이구, 형님이셨네."

망치 박은 넉살 좋게 '형님'의 호칭을 사용했다.

"……네."

박현은 삼촌뻘의 망치 박 얼굴에 어색한 웃음이 지어졌다. 정말 호형호제는 사양하고 싶어지는 얼굴이었다.

"이해합니다, 시주."

당래불이 슬쩍 다가붙으며 속삭였다.

"그럼."

박현은 어색함을 뿌리치며 술집을 나섰다.

*   *   *

"망치 박?"

조완희가 반문했다.

"그럼 당래불도 함께 있었겠어야."

서기원.

둘은 망치 박과 당래불을 잘 아는 듯 보였다.

"내는 오다가다 얼굴 본 게 다여야. 조 박수는 그래도 좀 알아야."

박현은 서기원의 말에 조완희를 쳐다보았다.

"검계에서 둘은 좀 유명한 편이야."

"그래?"

"어. 꼴통으로."

"킥!"

서기원이 입을 가리며 웃음을 내뱉었다.

"뭐 좀 그래 보이기는 하더군."

"그래 보이는 게 아니라 그런 놈들이야. 땡중 놈은 머리에 피도 안 마른 게 이성에 눈을 뜨자마자 절에 오는 여시주에게 껄떡거리다가 파계되었고, 그게 또 부럽다고, 어디 여자 손 한 번 잡아보자고 땡중에게 찰싹 달라붙어 가출한 놈이나. 쯧쯧쯧."

조완희는 나직하게 혀를 찼다.

"그래도 그거 빼면 능력은 있는 친구들이야."

혹평과 달리 결론은 제법 좋은 평가가 나왔다.

"능력은 있다."

박현은 고개를 끄덕였다.

"당래불은 파계가 되어도 여전히 골굴사[1] 큰스님에게 사사하고 있고, 망치 박도 여전히 충주 박가의 가주의 예쁨을 받고 있지."

"여튼 믿을 만하다는 거지?"

"다른 이들은 잘 모르겠고, 이선화나 쌍수검도 믿을 만
해."

조완희는 자신이 아는 만큼 이야기해 줬다.

＊　　　＊　　　＊

다음 날, 이른 아침.

박현은 망치 박이 문자로 보낸 주소를 찾아 어느 한 건물
사무실로 들어갔다.

"오셨습니까, 형님."

망치 박이 그를 보자 자리에서 일어나 넙죽 허리를 숙였다.

"함께해서 매우 기쁩니다, 관세음보살."

함께 앉아 있던 당래불이 자리에서 일어나 합장을 했다.

"……예."

망치 박의 인사를 박현은 어색하게 받으며 사무실 안을
쳐다보았다.

구석에 있던 이선화가 조용히 고개를 숙이는 듯 마는 듯
소심하게 눈인사를 건넸다. 그리고 거석이 전처럼 소파에
누워 스마트폰을 하고 있었다.

박현은 빈 의자를 당겨 자리에 앉으려 했다.

"새끼, 왔으면 인사 안 하냐?"

거석.

박현은 의자를 당기다 말고 그를 쳐다보았다. 거석은 여전히 스마트폰을 보고 있었다.

"야! 입에 본드라도 붙여 놨냐?"

거석이 잠시 후 스마트폰을 내렸다.

"아주 눈에 레이저라도 나가겠다."

박현은 피식 웃으며 거석에게로 걸어갔다.

"어쭈, 요 새끼 봐라."

거석이 자리에 비스듬히 앉아 거만한 자세로 박현을 올려다보았다.

"크하앙!"

박현은 울음을 터트리며 단숨에 진체를 드러냈다.

콰앙!

그리고는 날카로운 발톱을 세워 거석의 머리를 후려쳤다. 거석은 그 일격에 그대로 벽에 부딪히며 바닥으로 떨어졌다.

"이 스벌 새끼⋯⋯."

거석이 머리를 흔들며 자리에서 일어나는 순간. 박현, 백호가 다시 그를 덮쳤다.

쾅! 쾅! 쾅! 쾅! 쾅!

박현의 일격마다 사방으로 피가 튀었다.

거석은 잠시 반항하려는 기미를 보였지만 박현의 무지막지한 공격 일변도에 미처 제 힘을 쓰지 못했다.

"끄으으—."

거석의 몸은 서서히 무너져 갔다.

"크하앙!"

박현은 겨우겨우 벽에 기대 서 있는 거석의 가슴을 발로 찍어 차올렸다.

콰직!

가슴뼈가 부러지는 소리와 함께 거석의 몸이 바닥으로 스르르 무너졌다.

두둑— 두둑!

박현은 목을 살짝 꺾으며 뒤로 돌아섰다.

『치료약 있는 사람?』

모두가 벙 찐 표정을 하고 있었다.

『아무도 없나?』

이선화가 조용히 손을 들었다.

"……제게 하급 힐링포션이……."

박현은 그녀를 향해 손을 까닥거렸다.

이선화는 품에서 주섬주섬 엄지손가락만 한 투명 캡슐을 하나 꺼냈다.

박현이 던지라는 의미로 손을 까닥거렸다.

그 손짓에 이선화는 하급 힐링 포션을 던졌다.

하급 힐링 포션을 받은 박현이 캡슐 뚜껑을 부러트려 푸른 액체를 거석의 가슴으로 부었다.

스스슷―

푸른 액체는 함몰된 가슴으로 스며들었다.

드득― 드드득!

가슴뼈가 빠르게 재생되며 그의 상처도 빠르게 아물어 갔다.

"으으으!"

상처가 아물며 거석이 힘겹게 정신을 차렸다.

그런 그의 눈앞에 커다란 손가락 두 개가 보였다.

『제2라운드!』

"2……, 뭐?"

거석은 순간 기억상실이라도 온 듯 상황 파악을 하지 못하는 것처럼 보였다.

"크하앙!"

하지만 이어진 박현의 울음에 거석의 눈이 부릅떠졌다.

콰아앙!

박현은 그런 거석의 얼굴을 움켜쥐고는 그대로 벽으로 처박았다.

쾅— 쾅— 쾅— 쾅!

박현은 거석을 구석에 세워놓고는 다시 그의 몸을 난도질하기 시작했다.

"끄아아악!"

결국 거석의 입에서 참을 수 없는 고통의 비명이 터졌다.

콰앙!

박현은 다시 그의 머리를 정통으로 후려쳐 그의 의식을 끊어버렸다. 바닥에서 몸을 부르르 떠는 거석의 얼굴을 발로 지그시 누르며 다시 고개를 돌렸다.

『치료약 있는 사람?』

"……."

"……."

"힉! 딸꾹!"

눈을 마주친 이들은 여전히 상황 파악을 하지 못한 채 눈만 껌뻑이고 있었다. 단지 망치 박만 그 기세에 눌려 본능적으로 딸꾹질을 내뱉었다.

『아무도 없어?』

"소, 소승에게……."

당래불이 새하얀 종이로 쌓인 호두 반 개만 한 알약을 하나 던졌다.

골굴사 소활단(小活丹)이었다.

박현, 백호가 새하얀 종이를 벗기자 청아한 향이 풍겼다.

박현은 강제로 그의 입을 벌려 소활단을 입에 넣었다.

"으으으!"

약 기운이 돌자 거석은 정신을 차리는 듯 보였다.

박현은 그의 머리맡에 쪼그려 앉았다.

『정신이 드나?』

박현이 거석의 뺨을 툭툭 쳤다.

"으으…… . ……!"

겨우 정신을 차리고 동공에 초점이 잡혀갔다.

박현, 백호의 진체가 그의 눈에 들어왔다.

"너……."

거석은 기다시피 엉덩이를 끌며 뒤로 물러나려 했다. 하지만 벽 구석 모서리에 막혀 더 이상 물러나지 못했다.

『3라운드, 시작해 볼까?』

"씨, 씨발! 내가 잘못……."

『왜 이래. 나는 아직 시작도 안 했는데.』

박현은 뾰족한 이빨을 드러내며 폭력적인 웃음을 드러냈다.

콰앙—.

그리고는 가차 없이 그의 얼굴을 밟아버렸다.

　　　　　＊　　　＊　　　＊

　끼익—

　문이 열리며 쌍수검과 그와 비슷한 연배로 보이는 중년
사내가 사무실로 들어왔다.

　"분위기가 왜 이……."

　쌍수검은 묘하게 가라앉은 적막감을 느끼며 눈가를 슬쩍
찌푸리다가 코끝을 자극하는 피 냄새에 눈빛을 번뜩이며
주변을 빠르게 훑었다.

　사무실 한쪽에 핏자국이 흥건했다.

　"……거석?"

　벽 모서리에는 온몸이 난자당한 채 거석이 축 늘어져 있
었다.

　"무슨 일이지?"

　쌍수검의 차가운 목소리에 모두의 시선이 박현에게로 몰
렸다. 당연히 쌍수검이 그 시선의 의미를 모를 리 없었다.

　쌍수검은 일단 거석을 향해 걸음을 옮겼다.

　"목숨에는 지장 없습니다."

　박현은 커피를 한 모금 마시며 평온한 목소리로 말했다.

　"흠."

　그의 기도를 살핀 쌍수검이 나직하게 한숨을 내쉬었다.

그의 몸에서 은은한 약향이 느껴졌다. 지금이야 몸이 저렇게 엉망이라도 만신창이가 되진 않을 것이다.

"쯧."

쌍수검은 혀를 차며 자리에서 일어났다.

안 봐도 뻔했다.

언젠가 사달이 한 번 날 줄 알았다.

단지 상대가 의외였을 뿐이었다.

쌍수검은 박현을 지그시 쳐다보았다.

특별한 외상은 눈에 보이지 않았다. 안정적인 기운을 보면 별반 상처는 없는 듯 보였다.

"하아—."

쌍수검은 한숨을 다시 내쉬었다.

일단 이 일은 차치하더라도 당장 의뢰가 코앞이었다.

"손속에 여유를 둘 수는 없었나?"

쌍수검은 미간을 찌푸렸다.

목소리에 탐탁지 않은 감정이 아주 없지는 않았지만 그렇다고 박현에게 책임을 묻는 목소리는 아니었다.

"본인도 그다지 성질머리가 좋지 않은 편입니다."

"뭐, 어때? 이 바닥에서 고개 숙이고 살아갈 수 있는 것도 아니고."

쌍수검과 함께 온 사내, 개양검이 빈 자리에 앉으며 박현에게 손을 내밀었다.

"개양검이오."

"암호입니다."

박현은 그와 악수를 나눴다.

그리고 옆에 앉아 있던 당래불과 망치 박이 자리에서 일어나려는 것을 개양검이 손짓으로 다시 앉혔다.

"한 사람이 더 필요해?"

개양검이 쌍수검에게 물었다.

"시간도 없고, 어쩔 수 없지. 암호."

쌍수검이 박현을 불렀다.

"페널티는 받아줘야겠어."

어쨌든 일을 시작하기도 전에 문제를 일으켰으니 받아들이는 게 인지상정, 박현은 고개를 끄덕였다.

"저 녀석의 몫은 암호를 제외하고 나머지가 n분의 1로 나눈다."

"그 정도라면 흔쾌히."

애초에 자신의 몫도 아니니 사실 페널티라고 할 것도 아니었다.

"그리고 거석의 몫도 해 줘야겠어."

"정확히 어떤 몫입니까?"

"흔히 탱커라고 하는 방패 역할."

"알았소."

박현은 순순히 받아들였다.

"좋아. 선화 양은 전처럼 적의 꼬리를 잡아주면 되고. 기습시 나와 암호가 선두, 망치 박과 당래불이 허리, 자네가 혹시나 모를 후방을 책임지면 돼. 마지막으로 선화 양은 혹시나 모를 도주로를 차단해 주고."

다들 자신들의 역할을 잘 알고 있었는지 별다른 반응은 없었다.

"좋아. 그럼 오성그룹에서 연락이 올 때까지 편하게 대기해."

싱거울 정도로 작전 회의는 짧게 끝났다.

각자 편한 자리로 흩어지고.

"후아—."

망치 박은 큰 한숨을 소리 죽여 터트리며 박현에게로 슬쩍 다가붙었다.

"형님."

굵직한 목소리에 박현이 어색한 눈으로 그를 쳐다보았다.

"대단하십니다."

"……?"

"정말 화끈하십니다. 진정 싸나이이십니다."

망치 박은 엄지를 척 들어올렸다.

"……네?"

뭐가 화끈하고, 뭐가 사나이인지…….

더욱이 망치 박의 눈에서 저 활활 타오르는 감정은 또 무엇인지…….

"그냥 앞으로 망치야~ 라고 불러 주십시오."

"……."

어색함이 극에 달할 때, 뭐라고 답을 줘야 할지 매우 애매할 때 개양검이 다가왔다.

그러자 망치 박과 당래불이 자리에서 허리를 숙였다.

"오랜만에 뵙습니다."

"그간 무탈하셨는지요, 나무관세음보살."

"둘 다 오랜만이야. 어르신들은 다들 잘 계시고?"

"무탈하십니다."

"네."

개양검은 둘과 가볍게 인사를 나누며 자리에 앉았다.

"제게 볼일이라도 있으신지."

그의 시선에 박현이 묻자 개양검은 고개를 저었다.

"딱히 볼일은 없습니다. 그냥 한번 뵙고 싶었을 뿐입니다."

"저를 말입니까?"

그 말에 개양검이 고개를 끄덕였다.

"조금 일찍 서두를 걸 후회가 되는군요."

개양검의 시선이 짧게나마 여전히 정신을 차리지 못하고 누워 있는 거석에게로 향했다.

"진정한 박력이었습니다."

망치 박이 양손 엄지를 다시 척 올리며 말했다.

콩!

당래불은 그런 망치 박의 머리를 주먹으로 찧어 박았다.

"나무관세음보살."

그리고는 어색하게 눈치를 살폈다.

"괜찮아. 망치가 저러는 게 한두 번도 아니고."

개양검은 사람 좋은 미소를 지어보였다.

"그냥 인사도 나누고 안면도 나누고. 앞으로 친하게 지냅시다."

개양검은 그렇게 짧지만 나름 강렬한 인사를 한 후 자리에서 일어났다.

"이야! 개양검께서 먼저 인사를 오시고. 진정 형님은 싸나이이십니다."

이게 왜 사나이와 상관이 있나 싶었다.

그리고 그가 자리에 일어나기가 무섭게 망치 박이 찰싹 달라붙었다.

"잘 압니까?"

박현의 물음.

"형님 말씀 편히 하십시오. 싸나이 우정에…….."

당래불이 뒤에서 그냥 말을 놓으라는 듯 고개를 마구 끄덕였다.

"그러지."

마뜩잖지만 거절했다가는 더 불편해질 것 같았다.

"하하. 역쉬~ 형님은 성격도 시원하십니다."

"그래서?"

박현은 턱으로 개양검을 살짝 가리켰다.

"칠성검문, 북두검의 일인입니다."

"……?"

망치 박은 박현이 의외로 이면에 대해 잘 알지 못한다는 것을 깨닫고는 금세 자세히 말을 풀었다.

"칠성검문은 화랑문의 방계문파입니다."

"…….."

박현의 눈매가 슬쩍 가늘어졌다.

"근데 그것도 다 옛날, 옛날, 옛날이야기입니다. 지금 화랑문과 칠성검문은 데면데면한 사이입니다. 그렇다 보니 검계에서도 지금은 독자문파로 대하고 있습니다. 뭐 그냥~ 뿌리가 화랑문이라는 것 정도지……, 거 몇백 년 전인지라."

박현은 고개를 끄덕였다.

"여튼, 칠성검문에는 7명의 수성(首星)이 있습니다."

"수성?"

"최고 고수."

박현의 반문에 망치 박이 엄지를 세웠다.

"그리고 칠성검문을 상징하는 북두칠성, 그 북두칠성의 여섯 번째 별인 개양(開陽)[2]의 검이라 개양검의 별호를 씁니다."

"그렇군."

박현은 고개를 끄덕였다.

"이 아우가 보기에 형님의 위용을 듣고 찾아온 것 같습니다."

백호의 이름이 새삼 대단한 모양이다 싶었다.

"그래도 저분 성격을 보면 이해가 되기는 합니다."

"뭐가?"

"워낙 사람 사귀는 것을 좋아하고, 돌아다니는 것을 좋아해 정통 검계 가문의 무인답지 않게 제법 용병계에서도 활약을 하고 있습니다."

"그렇군."

박현은 개양검을 일견하며 고개를 끄덕였다. 우연히 그와 눈이 마주치자 개양검은 눈인사를 건네는 것처럼 담담한 미소를 지어 보였다.

*용어

1) 골굴사: 경북 경주에 위치한 조계종의 한 사찰. 신라시대에 인도에서 온 광유 선인 일행이 창건한 사찰로 불교금강영관(佛教金剛靈觀) 불교무예의 한 뿌리인 선무도의 본산이다. 본 소설에서는 이를 바탕으로 각색하였다.

2) 개양(開陽): 북두칠성은 모두 7개의 별로 이뤄져 있다. 한국과 중국에서는 이 별들이 인간의 수명과 연관되어 있다 여겼으며 국자의 머리부터 차례대로 천추(天樞), 천선(天璇), 천기(天璣), 천권(天權), 옥형(玉衡), 개양(開陽) 요광(搖光)이라 불렀다.

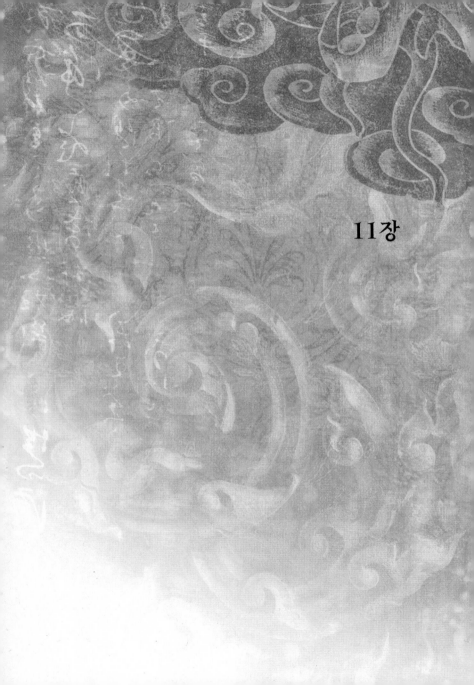

11장

　단정하게 빗은 머리, 금테 안경을 쓴 중년 사내가 푹신한 의자에 앉아 커피와 함께 책을 읽고 있었다.

　봉황회 부회주 백택[1]. 말끔한 정장 차림을 하고 있는 중년 사내의 직책과 이름이었다.

　"부회주, 나 강철이[2]외다."

　부회주 백택이 문밖 인기척에 고개를 들었다.

　"들어오십시오."

　백택은 책을 덮으며 자리에서 일어났다.

　끼익—

　한 2m는 될 법한 키에 떡 벌어진 어깨, 짧은 스포츠머리를 한 사내가 안으로 들어왔다.

"한 지붕에 살면서 어째 도통 얼굴을 보지를 못하오."

강철이는 익숙하게 응접용 소파에 앉았다.

"커피 어떻습니까?"

"거 시키면 물이 뭐가 그리 맛있다고."

강철이는 손을 저었다.

그의 손사래에 부회주 백택은 담담한 미소를 유지하며 맞은 편 소파에 앉았다.

"어쩐 일이십니까?"

"내 오늘 아침 재미난 이야기를 들었소이다."

"재미난 이야기를요?"

"하하하하."

"강 장로의 무거운 발걸음을 옮기게 한 흥미가 무엇인지 궁금해지는군요."

부회주 백택은 자신만큼이나 좀처럼 움직이지 않는 장로 강철이의 말에 흥미가 동했다.

"백호."

"……?"

"백호가 태어났소."

"백호라……."

부회주 백택은 팔짱을 꼈다.

"하긴 태어났다는 말은 틀린가? 어젯밤 용병 의뢰 중에 성체로 모습을 드러냈다고 했소이다."

"흠."

부회주 백택은 안경을 고쳐 쓰며 침음을 슬쩍 삼켰다.

"호족에서는 그런 보고가 없었는데."

"내 그럴 줄 알고 슬쩍 알아봤는데 말이오. 호족에서는 아무런 움직임이 없는 걸 보면 그쪽에서 태어난 것은 아닌 모양이외다. 지금쯤 그곳에도 소식이 전해질 테니 호들갑을 좀 떨겠지."

장로 강철이는 부회주 백택을 향해 몸을 가져갔다.

"이 무거운 걸음을 움직일 만하지 않소이까?"

"강 장로의 발만이 아니라 이 몸의 엉덩이도 움직이게 하는군요."

"재미난 소식 있으면 전해 주시오."

장로 강철이 나가자 부회주 백택은 자신의 집무실 책상으로 향했다.

삐—

부회주 백택이 인터폰으로 비서를 호출했다.

"네, 부회장님."

그만큼이나 단정한 여비서의 목소리가 들려왔다.

"암행규찰(暗行糾察)³⁾ 흑두령 들라고 해."

잠시 후.

스스스슷—

검은 기운이 스르륵 피어오르더니 검은색 일색의 옷을 입은 청년이 모습을 드러냈다.

"부르셨습니까."

정성껏 예를 다해 허리를 숙이는 이는 암행규찰대 흑두령, 어둑시니[4] 암적이었다.

"규찰들을 풀어 이면에 등장한 백호와 호족에 대해 알아와."

"알겠습니다."

암행규찰대 흑두령 암적은 허리를 숙이는 동시에 다시 검은 안개가 되어 사라졌다.

"오랜만에 봉황님을 봬야겠군."

부회주 백택은 가볍게 양복을 털고 손으로 머리를 단정하게 빗은 후 그의 사무실을 나갔다.

*　　　*　　　*

자정이 지난 시각.

인천 어느 바닷가 마을 어귀에 쌍수검을 비롯한 용병들이 모습을 드러냈다.

"이 근방에 있다는 정보요."

오십은 되어 보이는 중년인, 오성그룹 경호실장이 쌍수검에게 말했다. 그룹 경호실장까지 나왔다는 것에서 오성그룹이 얼마나 이 일을 중시하는지 알 수 있었다.

"오성그룹 경호팀 전원이 최선을 다해 뒷수습을 할 것이오. 그러니 어느 정도의 소란도 묵인할 테니 반드시 성공해 주시기를 바라오."

쌍수검은 묵묵히 고개를 끄덕였다.

"좋은 결과를 바라오."

경호실장은 말을 마무리하며 뒤로 물러났다.

그가 거리를 두자 쌍수검은 이선화를 불렀다.

"선화 양. 부탁해."

"……네."

귀녀 이선화는 모기만 한 목소리로 대답하며 긴장한 듯 깊은 숨을 몇 번 연거푸 내쉬었다.

"아~~~~~~~~~~."

귀녀 이선화는 자신에게 묶인 귀신들을 풀었다.

『크하아아악.』

『이히히히히.』

『흐흐흐— 흐흐.』

사방으로 탁한 회색 기운들이 귀성을 터트리며 나돌아

다니기 시작했다. 그 수가 점점 불어나더니 근방을 빼곡하게 채울 정도로 엄청난 수의 귀신들이 모습을 드러냈다.

"내가 알려준 이를 찾아줘."

평소 그녀답지 않게 제법 딱 부러지는 목소리로 명령을 내렸다. 그래 봤자 그 목소리도 다른 이들이 평소 대화를 나누는 정도의 크기밖에 되지 않았지만.

『크샤아악!』

그녀보다 대여섯 배는 큰 귀신이 갑자기 모습을 드러내며 그녀를 덮쳤다.

『컹컹! 컹컹컹! 으르르!』

그녀의 곁에서 큼지막한 삼족구가 튀어나와 귀신을 향해 짖었다.

『키키키. 언제까지 네년이 이 개새끼들에게 보호받을 수 있을 것 같아? 언젠가 네년의 육보시를 받고야 말 테니 좀만 기다려라. 두려움 속에서…….』

귀신은 사악한 웃음을 흘리며 그녀의 명을 따라 마을로 스며들었다. 그가 움직이자 그 귀신의 눈치를 보던 다른 귀신들도 사방으로 흩어졌다.

귀신들이 흩어지자 그녀는 다리에 힘이 풀린 듯 그 자리에 풀썩 주저앉았다.

『끼이잉—.』

바들바들 떠는 그 모습에 삼족구가 그녀의 뺨을 핥으며
위로해주었다.

"망치."

"예, 형님."

그 광경을 보고 있던 박현이 망치 박을 조용히 불렀다.

"꼭 저렇게까지 귀신을 다뤄야 하나?"

전에 망치 박이 그녀에 대해 잘 아는 듯해서 물었다.

"전매귀라며? 그냥 팔면 되는 거 아니야?"

아무리 착해도 시시때때 몸을 차지하려는 귀신을 저렇게
붙잡고 있는 게 이해가 되지 않았다.

"그게……."

망치 박이 쉽게 입을 열지 않고 망설이는 모습이었다.

"그 귀신이 선화 씨의 어머니입니다."

"어?"

박현은 자신도 모르게 놀라 목소리를 밖으로 냈다.

"자세한 건 모르지만…… 그녀를 살리고 죽었는데, 그때
엄청난 충격에 혼이 깨져 저렇게 원귀(冤鬼)5)가 되었다고
합니다. 그리고 그 방향이 잘못되어서 원한이 자기 자식에
게로 향하게 된 거구요."

"흠."

"저 불쌍한 선화 양이 거친 용병 일을 하는 것도 그때 원

수를 찾기 위함이랍니다. 그리고 선화 양의 어머니도 그때 원수를 죽이지 못해 원귀가 된 것이구요."

박현은 팔짱을 끼며 숨을 내쉬었다.

"방도도 없고?"

애잔한 마음에 물어봤지만 망치 박은 조용히 고개를 저었다. 방법이 없는 것인지, 아니면 이선화가 자신의 업보를 힘겹게 가지고 가는 것인지 모르겠지만 그녀는 지금의 상황을 받아들인 모양이었다.

그러는 사이.

갑자기 삼족구를 꼭 끌어안고 있던 이선화가 눈을 번쩍 떴다.

"찾았어요."

이선화가 한쪽을 향해 손가락을 가리켰다.

"2층 노란색 단독빌라, 2층 오른쪽 끝 방."

그녀의 말에 잠시 풀렸던 긴장감이 한순간 팽팽하게 당겨졌다.

박현은 쌍수검과 눈이 마주치자 앞서 몸을 날렸다.

축지로 빠르게 공간을 건너며 걸음걸음마다 눈에 들어오는 주변 풍경을 사진을 찍듯 머릿속으로 훑어갔다.

그렇게 십여 걸음 내딛자 노란 단독주택이 눈에 들어왔다. 그리고 그 주변을 맴도는 귀신들의 귀광(鬼光)이 보였다.

박현은 손짓으로 노란 주택을 가리켰다.

"어떻게 합니까?"

쌍수검은 재빨리 뒤로 돌아보며 동료를 확인했다.

뒤쳐진 이는 없었다. 그리고 자신들의 움직임에 맞춰 오성그룹 경호팀도 포위망을 구축하는 모습이었다.

"곧바로 들어간다."

"먼저 나서겠습니다."

박현은 쌍수검과 말을 마치고는 축지로 걸음을 내디디며 진체를 드러냈다. 그리고는 귀신들이 옹기종기 모여 있는 2층 창문으로 뛰어들었다.

와장창창창—

박현, 백호는 부서진 창문과 함께 집 안으로 뛰어 들어섰다.

쐐애애애액—

그러자 기다렸다는 듯이 검 한 자루가 박현의 목을 베어 들어왔다.

뒤는 벽으로 막혀 있는 상황.

박현은 양팔을 교차해 목을 보호하며 신력을 양팔에 집중했다.

츠츠츳!

그러자 그의 양팔의 흰 털이 뻣뻣하게 서며 희미한 빛을 머금었다.

캉—

검과 흰털 사이에서 쇳소리가 튀었다.

박현은 묵직한 검의 힘을 뚫고 검을 휘두른 중국 무인의 품으로 파고들며 그의 목을 움켜잡았다.

우드득!

날카로운 발톱이 중국 무인의 목을 파고들었다.

"끄으—."

쾅!

중국 무인의 비명이 채 흘러나오기 전에 박현은 그의 몸을 번쩍 들어 바닥에 내리꽂았다.

후아아악!

마지막 일격을 준비하는 박현의 머리로 한 자루 창이 휘둘러져 왔다. 박현은 재빠르게 왼팔을 들어 창을 막으며 얼굴을 보호했다.

쾅!

묵직한 타음과 함께 박현의 몸이 옆으로 밀려났다.

그의 앞에는 두 자루의 단창을 든 사내가 서 있었다.

"하앗!"

그는 조금의 틈도 주지 않고 박현을 향해 두 자루의 창을 빠르게 휘둘러 왔다.

차장— 차자장!

그런 두 자루의 창을 막아서는 두 자루의 검이 있었으니,
쌍수검이었다.

"여기는 내가 맡을 테니 사행도사를 잡아!"

쌍수검의 말에 이선화의 목소리가 이어졌다.

"반대편 도로에 세 구의 사기가 느껴져요."

박현은 조금의 망설임 없이 반대편 창문으로 몸을 날렸
다.

와장창창창창—

창문을 뚫고 골목으로 뛰어내린 박현은 주변을 살폈다.
하지만 골목골목 빽빽한 담벼락과 주택들이 그의 시야를
막고 있었다.

"여기예요."

『컹컹!』

삼족구.

이선화가 커다란 삼족구의 등에 올라타 빠르게 담벼락을
달려가고 있었다.

박현은 삼족구를 따라 달려 나가기 시작했다.

이선화를 태운 삼족구는 함께 움직이는 두 마리의 삼족구
보다는 크다고는 하지만 두 마리의 작은 삼족구는 삽살개처

럼 작은 소형견이었고, 이선화를 태운 삼족구는 조금 몸집이
큰 중형견의 크기였다. 그럼에도 큰 삼족구는 이선화를 태우
고도 날래게 지붕과 지붕 사이를 훨훨 뛰어 달리고 있었다.

그렇게 얼마를 달렸을까.

저 멀리 세 개의 그림자가 눈에 들어왔다.

그중 하나는 눈에 띄게 컸다.

시력을 집중하니 강시가 사행도사를 업고 달리고 있었다.

『여기서부터는 내가 맡지.』

박현은 한순간 공간을 접으며 강시 앞으로 모습을 드러
냈다.

"크하앙!"

박현은 훌쩍 몸을 날려 강시의 가슴을 후려쳤다.

캉!

묵직한 파음과 함께 박현의 눈매가 꿈틀거렸다. 마치 단
단한 쇠를 후려친 것처럼 반동이 돌아왔기 때문이었다.

어찌되었든.

강시는 박현, 백호의 일격에 뒤로 주르르 밀려났다.

그리고 나머지 강시 두 구가 사행도사를 보호하려는 듯
다가와 옆을 지켰다.

"#&^%&%^*$$^&^!"

사행도사가 뭐라 뭐라 외쳤지만 그 뜻을 이해할 수 없었

다. 지연부(志聯符)라 하여 일종의 통역 부적이 있지만 박현은 군이 필요성을 느끼지 못했다. 그는 담담한 표정으로 서서히 신력을 끌어올리며 강시들을 살폈다.

그들의 이마에 부적이 하나씩 붙어 있었다.

　'강시는 힘으로 이기려 하면 되레 당하기 십상이
야. 부적을 노려.'

박수무당 조완희의 조언이 떠올랐다.

'저게 강시부(殭尸符)로군.'

박현은 황지에 그려진 칙령 수신보명(勅令 隋身保命)[6] 글귀로 강시부를 알아보았다. 저 글귀는 강시를 다룸에 근간이 되는 주술이었다.

　'아니면 사행도사를 잡아.'

박현, 백호는 강시들 사이에 서 있는 사행도사를 일견했다. 그의 손에는 제종과 함께 한 자루 검이 들려 있었다.

검의 모양이 특이했다.

일반적인 검보다 검신의 길이가 짧았다. 그리고 검면에는 북두칠성과 법문이 빼곡하게 음각되어 있었다.

법검(法劍)[7]이었다.

"@^%&#$^@#^$#!"

사행도사가 뭐라 뭐라 나직이 목소리에 공명을 담자 강시들의 눈에서 자욱한 사기가 피어났다.

"크하아악!"

"스하아악!"

강시 두 구가 귀성을 내뱉으며 박현을 향해 달려들었다.

강시의 몸은 뻣뻣하기 그지없었지만 속도와 민첩성은 가히 상상을 벗어나는 수준이었다.

콰앙!

한 강시의 일격에 박현의 몸이 주르르 밀려날 정도로 힘도 상당했다. 하지만, 황소도 한 방에 죽여 버릴 정도로 힘하면 호랑이도 뒤지지 않는 법. 박현도 발톱을 세워 강시의 가슴을 후려쳤다.

카가가각!

마치 철판을 긁는 듯한 느낌이 손톱을 따라 느껴졌다.

강시도 박현, 백호의 힘을 이기지 못하고 뒤로 밀려났지만 전혀 충격을 느끼지 못하는 듯 곧바로 다시 달려들었다.

쾅— 쾅— 쾅!

엄청난 힘을 동반한 공방이 수차례 이어졌다.

『…….』

『…….』

강시는 힘에 밀리고, 살갗이 찢어짐에도 표정의 변화도 없었고, 그 어떤 신음도 없었다.

'혼(魂)은 없고 백(魄)[8]만 살아 있어서일까?'

이건 마치 기계와 싸우는 느낌이었다.

따라라랑—

그때 다시 울려 퍼지는 사행도사의 제종 소리.

그 소리에 두 구의 강시들은 일제히 박현을 향해 달려들었다.

"크흥."

강시들의 힘에 뒤로 밀려난 박현은 왜 쌍수검이 방패 역할을 중하게 여겼는지 여실히 느끼게 되었다.

"크하아앙!"

박현은 민첩하게 강시들을 우회하여 사행도사에게 다가가려 했지만 강시들은 기묘하게 자신의 방위를 미리 점하며 막아섰다. 그때 저 멀리서 두 손을 꼭 잡고 기도하듯 응원하는 이선화의 모습이 싸움 중에 빠르게 스쳐 지나갔다.

『선화!』

박현은 이선화를 불렀다.

『사행도사를 방해해.』

"알았어요."

어떤 상황인지 알고 있던 그녀였기에 삽살개처럼 생긴 자그만 삼족구 두 마리를 불러냈다.

『컹컹! 크르르르, 컹!』

『컹컹컹!』

두 마리의 삼족구는 몸집에 어울리지 않게 우렁차게 짖으며 사행도사를 향해 달려 나갔다.

"@#!"

사행도사는 짧게 소리치며 자신의 곁을 지키고 있던 강시를 움직였다.

강시가 아무리 빠르다지만 자그만 개를 잡기란 요원한 일.

『컹!』

한 마리 삼족구가 강시 다리 사이로 빠져나가 제종을 들고 있는 사행도사 왼팔을 향해 뛰어올랐다.

쐐애애액!

사행도사는 그저 강시만 다루는 도사는 아닌 듯 왼팔을 뒤로 내빼며 유수하게 검을 휘둘렀다.

사각!

사행도사의 법검이 삼족구를 베자 푸른 귀기를 담은 연기가 터졌다.

『깨갱!』

삼족구는 검에 베이며 바닥으로 내팽개쳐졌다.

『컹어엉!』

그 사이 다른 삼족구 한 마리가 강시를 피해 사행도사의 허벅지를 물어버렸다.

"@#^$#^!"

사행도사는 비명 비슷한 소리를 지르며 허벅지를 물고 늘어지는 삼족구를 향해 법검을 내리꽂았다. 하지만 삼족구는 재빨리 뒤로 물러났다.

법검에 베였던 삼족구가 상처에도 아랑곳하지 않고 사행도사의 목을 향해 이빨을 들이밀었다.

삼족구들로 인해 사행도사의 제종이 흔들리자 강시들의 움직임에 빈틈이 만들어졌다.

"크하앙!"

박현은 그 틈을 노려 한 구의 강시를 향해 달려들었다.

이대로는 죽도 밥도 되지 않는다.

'오로지, 한 놈만!'

박현은 틈을 보인 강시의 가슴을 향해 앞발로 연신 베어 갔다.

카강— 카가강— 카강!

듣기 거북한 쇳소리가 강시의 가슴에서 연신 폭죽처럼 터져나갔다.

『큭!』

다른 강시가 뒤에서 박현을 공격해 상당한 고통이 뒤 따랐지만 최대한 신력으로 등으로 보호하며, 오로지 눈앞의 강시에만 집중했다.

쾅아앙!

악착같이 파고들어 결국 강시의 품으로 파고들 수 있었다.

동시에 사행도사의 제종이 흔들리며 강시의 움직임이 멈칫거렸다.

퍽!

박현은 그 순간을 놓치지 않고 이마에 붙은 부적을 강시에게서 떼어낼 수 있었다. 부적을 떼어내자 강시는 썩은 고목나무처럼 뒤로 넘어갔다.

"크하앙!"

박현은 뒤에서 공격하고 있는 강시를 향해 몸을 틀어 주먹을 내질렀다.

펑—

그 주먹에 가슴을 허용한 강시는 3m 가량 뒤로 날아갔다.

"크르르르르!"

등에서 느껴지는 상당한 고통에 박현은 낮게 울음을 터트렸다.

"흐아압!"

그때 낭랑한 기합 소리와 함께 한 사내가 사행도사에게

로 뛰어들었다.

개양검이었다.

그리고 그를 이어.

퍽— 쾅!

"으합!"

당래불이 박현, 백호가 상대하던 강시 앞으로 훌쩍 날아와 상단 장족앞차기로 턱을 차올렸다. 그리고는 훌쩍 몸을 날려 상단 외회공의 술로 다시 턱을 돌려 찼다.

"웃차!"

뒤로 넘어가는 강시 머리 위를 도리깨 아들[9]이 쓸고 지나가며 부적이 떨어져나갔다.

휙— 휙— 휙—

콱!

망치 박은 도리깨 아들을 머리 위로 시원하게 몇 번 휘두르더니 바닥에 내리며 씨익 웃었다.

"수고하셨습니다, 형님!"

그리고는 넉살 좋은 웃음을 지었다.

이른 말이었지만 그 말도 그다지 틀려 보이지 않았다.

그도 그럴 것이 어느새 나타난 쌍수검과 개양검이 합공으로 사행도사를 몰아치고 있었기 때문이었다.

*용어

1) 백택(白澤) : 풍성한 갈기를 가진 백택은 사자와 매우 흡사한 모습을 가졌다. 애초의 모습은 눈에 여덟 개였으나 그 수가 차츰 줄어 두 개로 표현되고 있다. 백택은 세상의 모든 소리, 귀신의 소리마저 들을 수 있을 만큼 청각이 매우 발달되어 있으며 몸은 용과 같이 비늘로 덮여 있다. 또한 왕의 흉배(조선시대 왕, 왕세자, 문무백관의 관복 가슴과 등 부분을 장식한 표장)에 쓰일 정도로 우리나라에서 매우 귀하게 숭배된 동물이기도 하다.

2) 강철이: 강철이(깡철이, 꽝철이, 강철) 비슷한 이름으로 불리는 존재로, 민간에서는 이무기의 모습으로, 이익의 '성호사설'에서는 용의 머리와 비늘에 소의 몸을 가졌다고 서술되어 있으며, 이덕무의 '양엽기'에서는 말의 몸에 용을 닮았다고 적혀 있다. 이무기로 표현되는 강철이는 용으로 승천하지 못했지만 하늘을 날 수 있으며, 불을 다룬다. 하여 가뭄은 강철이가 일으킨다 전해지고 있다. 미약하게나마 물을 다룰 수도 있다. 일반적인 우리나라의 용, 수신(水神) 용왕 혹은 청룡과 대척점에 서있는 존재로 표현되기도 한다.

3) 암행규찰(暗行糾察): 조선 초 암행어사의 전신. 본 소설에서는 암행어사와 별개의 조직으로 다룬다.

4) 어둑시니: 고려시대부터 기록으로 전해지는 도깨비의 일종으로, 어둠이 신격화된 존재이다.

5) 원귀(冤鬼): 살았을 적 원한을 풀지 못해 저승으로 가지 않은 혼이다. 원귀는 그 원한 때문에 악령(惡靈)이 되어 인간을 괴롭히게 된다.

6) 수신보명(勅令 隋身保命): 칙령(勅令) 영적인 힘으로 명령을 내리니, 수신보명(隋身保命) 명을 따르면 목숨을 보전하리라. 부적을 통한 명령을 행하지 않으면 승천하지 못하고 영원히 구천을 떠돌게 되겠지만, 명령을 내린 이를 잘 따라가면 무사히 하늘로 승천하게 될 것이라는 의미를 가지고 있다.

7) 법검(法劍): 보검(寶劍) 혹은 칠성검(七星劍). 실전용 검이라기보다는 도교 의식에 사용되는 검으로, 인명보다는 주로 악령을 베는 데 쓰이는 검이다. 길이는 60cm 내외로 강철로 만드나 때로는 복숭아나무로 만들기도 한다.

8) 백(魄): 영혼백(靈魂魄). 인간을 구성하는 근원이

다. 영과 혼은 정신을 관장하며, 백은 육신을 지배한
다. 영과 혼은 한 쌍이라 영혼이라 부르며 사람이 죽으
면 영은 사라지고 혼만 남아 하늘로 오른다. 그리고 백
은 자연으로 흩어진다고 한다.

9) 도리깨 아들: 도리깨, 곡식 이상이나 껍질을 털어
내는 농기구, 도리깨는 세 부분으로 나뉘는데 잡고 휘
두르는 데 사용되는 부분이 장부, 이음새 부분이 꼭지,
마지막으로 서 너개의 회초리를 묶어 곡식을 두드리며
터는 아들(열)이다.

12장

'음?'

박현은 대문을 들어서 마당을 지나는데 싸한 느낌이 뒷목을 자극했다.

쑤아아악!

박현은 한순간 거리를 좁히며 건틀릿을 꺼내 휘둘렀다.

스하아아아―

박현이 건틀릿 발톱을 세운 곳에서 검은 연기가 피어나 뒤로 밀려났다.

박현이 그 검은 연기를 향해 다시 걸음을 내디디려 할 때 연기는 사람의 손으로 변하며 멈추라는 표시를 했다.

『잠깐만.』

이어 귀성이 흘러나오며 연기가 사람 모양을 갖춰나갔다. 그리고 검은 연기를 뚫고 한 사내가 모습을 드러냈다.

올 블랙 정장에 검은 선글라스, 새하얀 얼굴과 검은 입술.

바로 암행규찰 흑두령, 암적이었다.

"봉황께서 그대를 보고자 하오."

인사도 없었고, 앞뒤 상황 설명도 없었다.

그저 단 한 마디.

봉황이 보고자 하니 따라 나서라는 것, 그것뿐이었다.

그의 고압적인 자세에 박현의 눈빛이 가라앉았다.

차분한 얼굴과 달리 박현의 심장은 빠르게 뛰기 시작했다.

'흠.'

박현은 신력을 살짝 끌어올려 강제로 심장을 가라앉혔다.

'봉황이라.'

생각보다 빨랐다.

"못 들었나?"

암적이 미간을 찌푸렸다.

"들었지."

박현의 퉁명스러운 말에 암적의 미간에 더욱 깊은 주름이 만들어졌다.

"그래서?"

박현이 물었다.

"뭐라?"

암적의 목소리에 적잖은 노기가 담겼다.

"당신이 누구인지도 모르는 상황에서 그저 '봉황'의 이름에 왜 본인이 움직여야 하지?"

"……"

암적의 표정은 차갑게 변했다.

"암행단은 아닌 거 같고. 거 뭐야. 암행규찰인가 뭔가 그건가?"

박현이 물었다.

"재미있군. 알면서도 이렇게 나온단 말이지?"

암적에게서 서늘한 기운이 풍겨 나왔다.

"봉황회에 대해서 잘 알지 못하지만…… 얼추 들은 바로는 내사과 비슷한 거라 듣기는 했지."

박현은 기분이 안 좋다는 듯 눈살을 슬쩍 찌푸렸다.

"항상 내사과 놈들은 지가 세상에서 제일 잘난 줄 안단 말이야."

박현은 암적에게 한 걸음 다가섰다.

"재수 없는 그 새끼들도 최소한 용무를 건네기 전에 자신들이 누구인지는 밝혀."

암적의 표정은 눈에 띄게 굳어졌다.

"최소한의 예의부터 챙겨."

"후회할 거야."

암적이 발끈하자.

"크하아아아앙!"

박현은 진체를 드러내며 살기를 터트렸다.

그 살기에 암적의 몸의 일부가 연기로 되돌아 갈 정도로 실체가 흔들렸다.

『본인이 분명 최소한의 예의는 갖추라고 했을 텐데. 그냥 죽여줄까?』

박현, 백호는 암적 앞으로 걸어가 뾰족한 이빨을 내밀었다.

"봉황님이, 봉황회에서 그대를 그냥 놔둘 것이라 보는가?"

"크르."

그 말에 박현, 백호는 코웃음을 쳤다.

『귀찮지만 검계로 가면 되지.』

생각지도 못한 말에 암적의 몸이 움찔거렸다.

또한 그런 선례가 없지도 않았으니.

그가 알아본 바로는 박현은 옆집에 사는 박수무당을 비롯해 유달리 검계의 인물들과 친분이 잦았다.

'골치 아프군.'

아주 없을 이야기도 아니었다. 비록 봉황의 입을 빌어 전달하는 입장이라고 해도 과(過)는 오롯이 자신의 몫.

암적의 미간에 주름이 패였다.

"……나는 봉황회 암행규찰 흑두령이다."

마지못해 암적은 자신의 직책을 소개했다.

"이곳을 찾아왔다면 나에 대해서는 알겠군."

언제 대적했냐는 듯 박현도 바로 분위기를 풀었다.

암적은 마지못해 고개를 끄덕였다.

"지금 당장 가야 합니까?"

"……."

암적은 아무 대답도 하지 않았다.

"거 참. 세상 피곤하게 사시네."

박현의 말에 암적의 눈썹이 꿈틀거렸다.

"당장 같이 안 가면 곤란한 거 아닙니까?"

"알면서 왜 묻지?"

"그럼 넙죽 '네' 하고 따라갑니까?"

암적은 그냥 입을 꾹 닫았다.

암행규찰은 반신이나 영신들에게 있어 공포의 존재다.

그러나 눈앞에 선 박현은 자신을 그리 보지 않았다. 그냥
조금 어려운 존재 정도라고나 할까?

또 자신이 알고 있는 상식적인 대화가 나눠지지 않았다.

"이미 알아봤겠지만 인간으로 오래 살다 보니……, 이해
바랍니다."

박현은 뺨을 쓰다듬으며 씨익 웃었다.

"갑작스럽기는 해도 피할 수만은 없어 보이고."

중얼거림이지만 충분히 암적도 들을 수 있는 목소리였
다.

"맞을 매는 일찍 맞는 게 낫다고. 갑시다. 봉황 뵈러. 까
짓것 죽기야 할까?"

                    *   *   *

박현은 대형 세단 뒷좌석에 암적과 함께 타고 있었다.

"뭐 할 말이 있소?"

암적이 박현의 시선에 참다못해 입을 열었다.

"차라니 신기해서."

"우리라고 항상 축지술로 다니는 줄 알았소?"

"어쩌면?"

기다렸다는 듯이 나온 박현의 대답.

"큼."

암적은 황당함을 이기지 못하고 헛기침을 내뱉었다.

둘 사이에 대화거리가 있을 리가 없다.

당연히 둘 사이의 대화는 끊겼고, 차 안은 조용해졌다.

박현은 팔짱을 끼며 눈을 감았다.

'곤란하군.'

봉황이 자신을 생각보다 빠르게 찾아낸 것도 문제지만, 더 큰 문제는 자신의 본 모습을 알고 찾아왔다는 것이었다. 박현은 슬쩍 눈을 떠 옆 자리에 앉아 있는 암적을 일견했다.

'어둑시니.'

형체가 없는 존재.

'꼬리를 밟힌 것이로군.'

그들의 능력을 알았다고 해도 어떻게 하지는 못했을 것이다. 봉황회는 이 나라를 움직이는 거대한 조직이었고, 자신은 한낱 개인일 뿐이었으니까.

도깨비 서기원에 대한 걱정이 슬쩍 들었지만.

'지금 누구를 걱정하는 건지.'

진짜 이 상황을 걱정해야 하는 것은 자신이었으니까.

생각이 마무리될 쯤 박현을 태운 대형 세단은 광화문을 거쳐 효자로로 들어섰다. 이내 청와대가 눈에 들어왔다.

"별로 놀라지 않는군."

차는 청와대 서문을 통과했다.

"들은 바가 있으니까."

박현은 어깨를 슬쩍 들어올렸다.

차는 청와대 서문을 통과해 청와대 본관을 끼고 북악산 중턱으로 올라갔다. 그렇게 한참을 올라가니 또 하나의 거대한 기와집이 눈에 들어왔다.

이 나라의 숨은 지배자, 봉황의 거처이자 봉황회의 본거지.

봉황궁이었다.

"내리시오."

암적의 말에 박현은 차에서 내렸다.

한 5m는 될 법한 거대한 철문이 가장 먼저 눈에 들어왔다.

쿠구구구국!

대문 앞에 서자 기다렸다는 듯이 문이 열렸다.

쏴아아아아아아아—

마치 태풍이 만들어내는 거센 바람처럼 문 사이로 거센 기운이 쏟아져 나왔다.

숨이 턱턱 막힐 정도였다.

용담호혈(龍潭虎穴).

동시에 네 글자가 딱 떠올랐다.

입가로 웃음이 지어졌다.

'이곳에 괴물이 산다. 아니 괴물들이 산다. 나를 잡아먹을 놈들이.'

박현은 암적을 따라 봉황궁 안으로 걸음을 옮겼다.

*   *   *

"나는 여기까지고…… 봉황께는 다른 이가 안내할 것이오."

암적.

"다시 보게 된다면 지금과는 다를 것이오."

그의 말에 은은한 노기가 담겨 있었다.

하지만.

"다시 보게 될지 모르겠군요."

박현은 어깨를 슬쩍 들어올렸다.

그 말에 암적의 눈썹이 꿈틀거리더니 이내 피식 웃었다.

"하긴, 당신이라면……, 그럴 수도. 하지만 언젠가는 나를 보게 될 것이오. 그대가 죽어 이면을 벗어나기 전에는, 반드시."

암적은 차가운 웃음을 지어 보이며 검은 안개가 되어 사라졌다.

홀로 남은 박현은 접객당을 둘러보았다.

굵은 붉은 소나무 기둥에 오색의 단청, 돌로 깎아 깐 장판석.

마치 과거로 들어온 듯했다.

어쩌면 수백 년, 수천 년의 역사를 이어왔을지도 모른다.

"실례하겠습니다."

앳된 목소리와 함께 고운 한복을 입은 방년의 소녀가 안으로 들어왔다. 그 소녀는 종종 걸음으로 다가와 접객당 다탁에 김이 모락모락 나는 녹차 한 잔을 내려놓았다.

그리고는 살짝 허리를 숙여 인사를 하고는 다시 종종 걸음으로 물러났다.

"저기."

박현은 그런 소녀의 발걸음을 세웠다.

"말씀하시지요."

소녀는 눈을 낮게 내렸다.

"언제쯤 봉황을 뵐 수 있을까요?"

"소녀가 어찌 그분들의 의향을 알 수 있겠습니까."

소녀는 매우 조심스러워했다.

"대충 분위기라는 게 있지 않겠습니까."

"소녀의 입에 그분들을 입에 담은 것만으로도 불충입니

다.”

소녀는 더 이상 이야기를 거부하며 조용히 접객당을 나
갔다.

“흠.”

박현은 묵직한 신음을 삼켰다.

건축물만 과거로 온 것이 아니라, 이 궁 안은 여전히 과
거에 머물고 있는 것 같았다. 그 말인즉슨, 봉황은 여전히
살아 있는 이 땅의 왕이란 소리다.

　　“그곳은 복마전이야. 네가 한 번도 경험해 보지
　　못한.”

박수무당 조완희가 했던 말이 새삼 강렬하게 와 닿았다.

　　“아차하는 순간, 너도 죽고, 우리도 위험해. 만약
　　봉황궁에 들어간다면 정신 단단히 잡아.”

그의 말대로 그래야 할 것 같았다.

어쨌든 자신이 언제 봉황을 만나러 갈지는 봉황을 제외
하고는 아무도 모른다는 의미.

박현은 자리에 의자에 앉아 녹차를 들었다.

딱 마시기에 좋은 온도였다.

차가 비워지고, 시간이 제법 흘러갔다.

그와 함께 마음을 다스렸다.

"손님."

낯선 목소리에 박현은 조용히 눈을 떴다.

앳된 다른 소녀가 서 있었다.

그녀 역시 녹차를 가져다 준 소녀와 똑같은 단아한 한복을 입고 있었다.

"그분께서 찾으십니다."

박현은 고개를 끄덕이며 자리에서 일어났다.

"그분을 알현하오면 지켜야 할 몇 가지 사항이 있습니다."

박현의 눈가가 슬쩍 찌푸려졌다.

그러거나 말거나 소녀는 몇 가지 사항을 이야기했다.

"그분의 옥좌 앞 십오 보 거리에서 오체투지로 인사를 올리면 됩니다. 그리고 그분의 정면에 서면 아니 됩니다. 두어 걸음 비켜서십시오."

오체투지(五體投地)라.

"그리고 그분께서 얼굴을 들라 하시기 전까지 시선을 마주하시면 아니 됩니다."

이어진 말을 들으니 이것 숫제 조선시대에 왕을 알현하

는 것이 아닌가 싶었다.

가장 중요한 것은 앞서 말한 두 가지였고, 나머지 소소하고 잘잘한 부분을 이야기했다.

"모두 명심하셨겠지요?"

박현이 고개를 끄덕였다.

"그럼 소녀를 따라오시지요."

그녀가 박현을 안내한 곳은 자신이 들어온 입구와 반대편으로 나 있는 문이었다.

그 문을 열고 나가자 긴 회랑(回廊)[1]이 뻗어 있었다.

"허어."

회랑에 발을 내디디니 절로 감탄사가 흘러나왔다.

오른쪽에는 호수 같은 연못이 펼쳐져 있었고, 왼쪽에는 자그만 실개울 같은 물줄기와 색색의 꽃들이 만발해 있었기 때문이었다.

그러는 사이 건물 세 채를 지나 돌계단을 올라가니 축구장만큼이나 커 보이는 넓은 돌 마당이 펼쳐져 있었다. 그리고 마당을 굽이 내려다보는 전각(全角)이 우뚝 서 있었다.

경북궁 근정전은 저리 가라 할 정도의 규모였다.

'봉황전(鳳凰殿)?'

궁 이름도 봉황궁, 전각도 봉황전.

어지간히도 자기애가 강한 모양이었다.

"이리로 오시지요."

소녀는 놀란 눈을 뜨고 있는 박현을 전각, 봉황전으로 안내했다.

그녀가 박현을 안내한 곳은 봉황전 측면 쪽문이었다. 쪽문 앞에는 무복을 입은 사내가 지켜서고 있었다.

"이리로 들어가시면 됩니다."

소녀는 허리를 살짝 숙이며 종종걸음으로 사라졌다.

쪽문 앞을 지키고 있는 사내가 문을 열며 턱으로 안쪽을 가리켰다.

"큼."

박현은 쪽문을 통해 봉황전 안으로 들어갔다.

봉황전 안은 수수함 속에 화려함을 담고 있었다.

바닥은 회검은 색의 돌이 깔려 있었고 장정 허리보다 몇 배나 굵은 붉은 기둥이 우뚝 세워져 있었다.

"이리 오라."

목소리를 따라가니 금테 안경에 정장을 입은 사내가 서 있었다.

이곳과는 너무나도 이질적인 장면이 아닐 수 없었다.

'영원한 이인자, 백택.'

박현은 백택의 손짓을 따라 정면으로 걸음을 옮겼다.

그리고 기둥에 가려진 정면, 옥좌가 눈에 들어왔다.

경복궁 어좌보다도 화려한 자리였다.

옥좌 뒤에는 일월오봉도(日月五峯圖)[2]와 같은 봉황도가 펼쳐져 있었다.

박현의 눈빛이 반짝였다.

그 봉황도 아래 붉은 곤룡포를 입은 사내와 금색 무늬의 검은 비단 옷을 입은 여인이 앉아 있었다.

조완희의 말을 빌자면 신이면서 악마이기도 한 이 땅의 지배자.

앞으로 그의 목줄을 쥐고자 할 적.

살고자 죽여야 할 적.

한 쌍의 암수, 봉황이었다.

사내 봉(鳳).

가장 먼저 눈에 들어온 것은 왕을 상징하는 붉은 곤룡포였다.

아니 곤룡포라고 부를 수 있을까?

곤룡포 흉배에는 용이 아닌 봉이 금색 수실로 수놓아져 있었다. 곤룡포 안으로 언뜻 새하얀 비단 겹저고리가 보였다.

그 위로 오뚝 선 콧날에 한 자루 칼날과도 같은 짙은 눈썹.

흑요석과도 같이 까만 눈동자.

반듯한 이마 위에 망건이 둘러져 있었고, 찰기가 흐르는 검은 머리를 곱게 빗어 튼 속발에 상투관을 쓰고 봉이 조각된 비녀가 꽂혀 있었다.

면류관만 쓰지 않았지 딱 사극에서나 볼 법한 완벽한 왕의 모습, 그 모습이었다.

그는 스스로 왕이라 생각하는 모양이었다.

아니 이미 왕이었다.

'신이자 악마.'

정명함과 사내다움이 물씬 묻어나오는 얼굴에 이질적인 부분이 있으니, 바로 얇은 입술과 위로 치켜 올라간 눈꼬리였다.

여인 황(凰).

그 옆으로 연녹색 저고리에 다홍빛 치마의 당의를 입고 있었다. 가체를 쓰지 않았지만 쪽을 지고 금으로 된 황(凰) 문양의 비녀를 가지런히 꼽고 있었다.

그녀 역시 봉에 뒤지지 않는 절세미녀이지만, 봉처럼 눈썹이 치켜세워져 있었고, 입술이 얇았다.

묘하게 닮은 모습이었다.

또한 그녀 역시 사극의 왕비의 모습이었다.

왕과 왕비.

봉황은 딱 그 모습이었다.

박현은 정면에서 약간 비켜난 곳에 섰다.

《무릎을 꿇고 경배를 올려라.》

전음.

분명 봉이나 황의 목소리는 아니리라.

백택의 전음이 분명했다.

박현은 천천히 무릎을 꿇고 바닥에 엎드렸다.

무릎 따위야 얼마든지 꿇어줄 수 있다.

살기 위해서라면 무엇이든 안 해본 것이 없는 그였다. 그
리하여 살아남았고, 자신을 꿇린 이들을 모조리 꿇렸다.

'언젠가 너희들을 내 발 아래 꿇리리라.'

박현의 눈에서는 시퍼런 살기가 스물스물 피어났다. 하
지만 박현은 그보다 더 빠르게 살기를 감췄다.

"그대가 백호라고."

"그렇습니다."

박현은 감정을 지우고는 담담히 대답했다.

"흥미롭구나. 이 땅에 백호가 다시 태어나다니."

언젠가 본 적이 있다는 말.

"호족 출신이고?"

모를 리 없다.

알면서 묻는 것이다.

"아닙니다."

《무례하다!》

백택이 전음으로 박현의 말투를 꾸짖었다.

"하하하하하. 괜찮다, 괜찮아."

전음을 들은 것인지 아니면 분위기를 읽은 것인지 봉은 인자한 목소리로 분위기를 훈훈하게 만들었다.

그 말 때문인지 백택은 조용히 뒤로 물러났다.

"어디, 보자."

봉은 두루마리를 하나 펼쳤다.

"허어—, 이런."

봉은 두루마리에 적힌 글을 읽어 내려가며 이런저런 감탄과 탄식을 내뱉었다.

"너의 정체성을 알지 못한 채 인간으로 살았구나."

"……."

박현은 뭐라 대답하기 애매해서 조용히 그의 말을 듣기만 했다.

"쯧쯧."

탁.

두루마리가 접히는 소리가 들렸다.

"호족은 이 사실을 알고?"

"아직까지는 소식이 들어가지 않은 것으로 보입니다."

고개 숙인 박현의 눈동자가 반짝였다.

자신과 호족, 한성그룹과의 관계는 알지 못하는 게 분명했다. 호족인지, 한성그룹인지 모르나 철저하게 자신과의 흔적을 지운 모양이었다. 아니면 자신의 정체를 빠르게 찾다 보니 그 흔적을 미처 발견하지 못했을 수도 있을 법했다.

"그렇구나."

봉은 백택의 말을 들으며 박현을 내려다보았다.

"고개를 들라."

박현은 바로 고개를 들지 않았다.

"괜찮다. 들라."

재차 이어진 말에 박현은 천천히 고개를 들어 그와 시선을 마주했다.

"본회의 아이들보다 검계와 친분이 더 있네요."

봉에 이어 두루마리의 내용을 읽던 황은 못마땅하다는 듯한 눈초리와 함께 목소리를 치켜세웠다.

"괜찮소. 오히려 불쌍한 일이지."

봉은 황의 손을 토닥이며 측은한 눈으로 박현을 내려다보았다.

"그래 언제 반신으로 눈을 뜬 것이냐?"

"반년이 안 되었습니다."

"좀 더 일찍 눈을 떴으면 좋았을 것을."

봉은 나직하게 혀를 찼다.

"그런 것에 비해 능력은 출중한 모양입니다."

황.

"백호가 달리 백호겠소."

봉은 자세를 고쳐 앉았다.

"보자……."

봉은 잠시 주먹을 쥐었다 풀며 고민에 잠기는 모습이었다.

"어떤 직을 하사하면 좋을까……."

박현의 눈동자가 꿈틀거렸다.

"봉 님."

박현이 봉을 불렀다.

"음?"

"죄송합니다만, 저는 야인으로 사는 게 좋습니다."

박현은 봉의 눈을 직시하며 말했다.

"야인으로 사는 게 좋다."

봉의 입가에 담담한 미소가 어렸다.

그런데 그 미소는 서서히 진해졌다.

섬뜩하게.

그리고 잔혹하게.

《어서 잘못했다고 빌지 못할까!》

백택의 전음이 천둥처럼 그의 머리를 뒤흔들었다.

하지만 박현은 봉의 시선을 피하지 않았다.

"하하하하하!"

봉은 시원한 웃음을 터트리는가 싶더니 별안간 그의 신형이 사라졌다.

다시 모습을 드러낸 곳은 바로 박현의 앞이었다.

"다시 말해 보아라."

봉은 오만하게 시선을 깔며 물었다.

선택의 여지가 없다.

자신이 천외천의 기질을 타고 났음을 아는 순간 자신은 그의 손에 죽을 것이다. 그의 시선이 닿는 곳에서 살아갈 수는 없는 법.

박현은 머리를 숙이며 다시 말했다.

"야인으로 살아가는 것이 좋습니다."

"그렇단 말이지."

봉의 목소리는 나른하게 바뀌었다.

하지만 박현은 그 나른함 속에서 피어나는 잔혹함을 알아차렸다.

"재고의 여지는 없고?"

"예."

박현은 입술을 질끈 깨물며 대답했다.

펑!

박현의 눈에 새하얀 버선발이 가득 찼다.

"컥!"

지독한 고통과 함께 시야가 뒤집혔다.

이어 뒤통수와 등에 강한 통증이 느껴졌다. 겨우 정신을 차리는 박현의 눈에 짙은 회색 바닥이 눈에 들어왔다. 봉의 발길질에 벽에 부딪히고 바닥으로 떨어지는 것이리라.

하지만 봉은 얌전히 박현이 바닥으로 떨어지는 것을 보고 있지 않았다.

봉은 붉은 용포를 휘날리며 박현의 가슴을 차올렸다.

"크윽!"

박현은 고통에 찬 신음을 흘리며 다시 벽에 부딪혔다.

봉은 다시 몸을 날려 벽에서 주르르 미끌어지는 박현의 배를 벽과 함께 후려 찼다.

콰아아— 콰직— 콰앙!

박현은 벽에 박혀버렸다.

"크—, 쿨럭!"

마치 벽에 걸린 액자처럼 박힌 박현은 피를 토하며 고개를 들었다.

박현은 다시 날아 뒤돌아 차오는 봉의 모습에 오히려 눈을 부릅떴다.

"크르르르."

머리카락이 새치처럼 변하며 이빨이 살짝 뾰족해졌다.

콰아앙—

"커억!"

봉의 일격에 박현은 벽을 뚫고 봉황전 돌 마당으로 튕겨 나갔다.

"쿨럭! 쿨럭!"

내장이 상한 듯 박현의 입에서 검은 피가 주르르 흘러내렸다.

창자가 끊어지는 듯한 지독한 고통에 의식이 끊어지려 했다. 하지만 박현은 의식의 끈을 부여잡으며 힘겹게 자리에서 일어났다.

저 멀리서 날아오는 봉. 그리고 황.

인간의 모습을 한 봉의 뒤로 거대한 새의 환영이 보였다.

봉의 진체이리라.

거대한 날갯짓과 목줄을 끊으려는 듯 날카로운 발톱이 보였다.

후웅—

박현의 내면 저 깊숙한 곳에서 뜨거운 기운이 불쑥 고개를 들었다.

그 기운은 용암보다도 뜨거웠다.

'……!'

박현은 그 기운이 천외천의 힘이라는 것을 느꼈다.

죽여야 했다.

그 힘을 죽여야 산다.

아니 그 힘을 조금이라도 드러내는 순간 반드시 이 자리에서 죽는다.

조금이라도 살 수 있는 기회를 가지려면 죽여야 했다.

'죽여야 살 수 있는 것인가?'

"크르르르."

박현은 생사가 목에 걸렸건만 오히려 웃음이 흘러나왔다.

'이렇게 죽지 않아!'

박현은 천외천의 힘을 죽이고 신력을 끌어올려 몸을 보호했다.

쿠아아아아!

봉의 발이 박현의 가슴에 박히기 직전.

후아아악!

부드러운 기운이 박현의 몸을 감싸며 뒤로 잡아당겼다.

"……!"

박현의 눈이 부릅떠졌다.

"누구냐!"

봉의 입에서 노성이 터져 나왔다.

동시에 박현의 입가에 희미한 미소가 살짝 지어졌다.

너무나도 익숙한 기운.

그건 바로 해태의 기운이었다.

"그 성깔은 여전하네그려."

해태의 목소리가 하늘에서 내려왔다.

〈다음 권에 계속〉

*용어

1) 회랑(回廊): 궁이나 사원 등에서 건물과 건물을
이어주는 길고 지붕이 있는 복도.

2) 일월오봉도(日月五峯圖): 조선, 근정전 어좌 뒤
병풍.